NIKOS ALIAGAS

Allez voir chez les Grecs

La mythologie ou l'école de la vie

JC LATTÈS

Illustrations Alecos Fassianos.

À Aris Fakinos et Roselyne Majesté-Larrouy

Préface

C'est dans le regard des autres que j'ai d'abord pris conscience qu'il y avait dans mon histoire deux chapitres distincts. En France, à l'école, j'étais le Grec, celui qui par mégarde utilisait parfois dans la cour de récréation un mot entendu à la maison mais incompréhensible pour mes petits camarades, qui ne manquaient pas de rire dédaigneusement devant ce qui leur échappait.

En Grèce, où je retournais l'été, avec mes parents et ma sœur, passer le temps des vacances dans le village familial, c'est mon accent de petit Parisien et mon teint blême qui me distinguaient des autres enfants à la peau hâlée, qui savaient faire du vélo sans tenir le guidon.

Curieux sentiment en somme, d'être toujours d'ici et d'ailleurs, riche et pauvre à la fois. Riche quand il me semblait que mes deux langues, mes deux cultures, mes deux pays me rendaient plus fort que les autres, plus curieux, plus tolérant ; pauvre quand il me fallait subir les inlassables plaisanteries que suscitait cette altérité, encore plus pauvre quand venait à moi la question classique du type : « Tu préfères Paris ou Athènes, petit Nikos ? » Comme si on me demandait de choisir entre mon père et ma mère. Pour ne pas avoir à répondre à ces faux dilemmes, j'ai alors décidé d'assumer pleinement ma double appartenance. La France m'a vu naître, m'a construit, m'a offert les mêmes opportunités qu'aux autres ; la Grèce m'a inspiré, m'a guidé, m'a donné en héritage une langue millénaire. J'ai donc, dès le berceau et par la force des choses, été initié à l'heure européenne grâce à cette double identité.

L'Europe, qui n'a pas fini de se construire, a déjà inventé toutes les plaisanteries possibles et imaginables sur les peuples qui la composent : Belges, Anglais, Portugais, Allemands... tous en prennent pour leur grade dès les frontières franchies. Les Français aussi, personne n'est à l'abri.

Pour les Grecs, finissent toujours par revenir sur le tapis le régime de Demis Roussos, les lunettes de Nana Mouskouri, la moussaka surgelée, le sirtaki... sans oublier les allusions particulièrement vaseuses aux mœurs sexuelles qui riment avec Mykonos. Bref, rien qui donne vraiment envie d'écouter le type qui vous invite à aller vous faire voir chez les Grecs, histoire de faire genre à table, entre le fromage, la poire et un petit dernier verre de rouge pour la route. Vive l'Europe !

Pourtant, moi qui ai joué le Grec de service à la télévision française, chez Christine Bravo où nous tentions chaque semaine, avec mes camarades chroniqueurs, de réinventer l'Europe, j'ai écrit ce livre comme une invitation au voyage. Un voyage dans l'espace mais aussi dans le temps.

Aller voir chez les Grecs, c'est en effet découvrir la richesse d'un héritage qui nous concerne tous. Des sciences à la politique en passant par la philosophie ou l'art, on ne compte plus les emprunts que nous avons faits à la Grèce, à commencer par notre langue où tant de mots ont un lointain ancêtre grec. « Connaître et comprendre l'origine de notre langue, c'est la garder en vie plus longtemps », affirmait Aris Fakinos.

Autant vous dire tout de suite que je n'ai pas la prétention de vous livrer ici une encyclopédie du savoir grec, ce que je laisse aux gens savants et compétents. Non, la Grèce que je vous convie à découvrir au travers de ces pages est ma Grèce, celle que m'a fait aimer et comprendre mon grand-père Spyros. Les histoires qu'il me racontait à Missolonghi, à l'ombre des vignes et des mûriers, étaient pleines de personnages aux noms magiques : Thésée, Icare, Ulysse, Orphée, Zeus, Aphrodite, Éros... tous ces héros, dieux ou mortels, la mythologie ne cessait de m'en révéler les aventures sans fin. J'entends encore les cigales accompagner sa voix à l'heure de la sieste.

Mais Spyros n'était pas qu'un merveilleux conteur. Chacun de ses actes, de ses gestes pouvait aussi être un regard vers la mythologie. Spyros parlait aux oliviers à l'aube, car l'olivier est l'arbre sacré d'Athéna, la déesse de la sagesse ; Spyros savait danser et chanter autour d'un feu, la nuit, au pied de la montagne, pour rendre hommage au pauvre Prométhée qui vola le feu aux dieux et le livra aux hommes, Spyros chantait dans les champs pour exprimer ses joies et ses peines. Vivre ainsi au jour le jour dans le souvenir respectueux des mythes et des traditions grecs était pour mon grand-père une façon d'organiser sa vie, de lui donner un sens, de résister aux inepties grises du quotidien. Penser « grec » c'était son concept à lui. Et à l'heure où j'écris ces lignes, son bienveillant regard guide encore mes pas, à des milliers de kilomètres de la terre où il repose.

À mon tour, laissez-moi vous emporter sur les traces des dieux et des héros grecs pour découvrir leurs leçons de vie. Il y a dans chaque histoire de la mythologie de quoi rire, de quoi pleurer, de quoi rêver mais aussi de quoi devenir plus sage. Thésée a vaincu le Minotaure, Icare s'est brûlé les ailes, Ulysse a trompé les Cyclopes pour mieux nous apprendre à comprendre ce que nous sommes. Il est fort probable que le sens de leurs aventures a tranquillement traversé les millénaires pour nous rappeler que nous n'avons pas changé d'un « iota », et qu'au fond nous ne sommes pas très différents de nos lointains ancêtres. C'est pour cette raison que la mythologie grecque continue d'être si actuelle : elle nous apprend à nous connaître nous-mêmes.

J'ai pu, grâce à la mythologie, grâce aussi à la sagesse et aux traditions helléniques de mes ancêtres relier entre eux les deux chapitres de mon histoire, celui du Grec de France et celui du Français de Grèce. Car les belles histoires ne connaissent jamais de frontières et leur message est universel.

Nous avons tous reçu un héritage, à nous de le décoder. Chercher d'où je viens pour mieux savoir où je veux aller, telle est ma quête. La mythologie grecque est ma boussole. Elle m'a appris à vivre, comme elle le peut pour chacun d'entre nous, car les clefs du monde grec permettent d'ouvrir bien des portes de notre monde contemporain : il existe des labyrinthes modernes desquels, comme Thésée, il nous faut apprendre à sortir ; il existe aussi des Sirènes au chant desquelles il nous faut prendre garde de ne pas succomber, sans parler des épreuves herculéennes auxquelles nous sommes confrontés à un moment ou à un autre de notre vie.

Ces dangers écartés, ces obstacles franchis, le champ est libre pour s'emparer du meilleur de l'existence, laisser s'épanouir nos sentiments vrais et nos émotions profondes. Hélène de Troie, bombe sexuelle avant l'heure, Aphrodite, la déesse coquine, ne sont pas que de petites dévergondées. Elles expriment l'une et l'autre qu'une vie sans amour n'est pas une vie et qu'aimer l'autre, quel qu'il soit, est une manière de mieux s'aimer soi-même. Éros est bien plus qu'un petit dieu joufflu qui décoche des flèches aux amoureux, quant à Dionysos, le dieu de l'ivresse, et à son rival Apollon, le dieu de la beauté harmonieuse, ils nous enseignent que la fête est un art de vivre, un bienfait indispensable aux hommes. Il en est de même pour le sport ; l'idée olympique est née dans une petite cité du Péloponnèse il y a presque deux mille huit cents ans !

Vivre, aimer... j'ai encore appris à penser différemment auprès des Grecs. J'ai trouvé dans leur sagesse des réponses aux questions que je me posais au jour le jour. Je me suis interrogé avec eux sur les apparences qui parfois cachent la vérité. Je me suis penché sur la mort que chacun croise un jour au détour d'un chemin, sur les hommes qui veulent la paix mais font la guerre parce qu'ils ne savent toujours pas vivre ensemble, sur l'adulte enfin que je suis devenu mais en qui sommeille toujours le petit garçon qui rêvait de faire voler un cerf-volant.

VIVRE

Il faut vivre et non pas seulement exister.

Plutarque.

LE FIL D'ARIANE

ou Comment
ne pas se perdre dans l'existence

Rien n'est plus tragique que de rencontrer
un individu à bout de souffle perdu
dans le labyrinthe de la vie.

Martin Luther King.

Tout commence en Crète, dans le labyrinthe. Dans les tortueux couloirs d'un endroit sinistre, qui renferme une créature cannibale au corps d'homme et à la tête de taureau, le Minotaure.

Sur la vaste île de Crète, au sud de la Grèce, règne le puissant roi Minos. En guerre contre Athènes, il a imposé à la cité grecque qu'elle lui livre, tous les neuf ans, sept filles et sept garçons, voués à être dévorés par le monstre.

N'écoutant que son courage, Thésée, fils d'Égée, le roi d'Athènes, se porte volontaire afin de prendre sa place parmi les jeunes martyrs destinés à rassasier l'appétit de la bête et s'embarque avec eux pour le funeste voyage. Sa mission est simple : tuer le Minotaure et mettre ainsi un terme au sacrifice humain des Athéniens. En théorie le projet tient la route. Thésée, accompagné de deux compagnons d'armes déguisés en filles qui lui prêteront main-forte le moment venu, pénétrera dans le labyrinthe pour se faire dévorer. Mais, une fois à l'intérieur, le prince courageux tuera la créature. Le chapitre sera clos.

Oui, mais... car il y a toujours un mais. Ce plan ingénieux omet en effet un petit détail : personne n'est jamais ressorti vivant de la prison qui abrite le Minotaure. Cette forteresse inviolable, construite comme un enchevêtrement d'allées et de recoins, a été imaginée par l'ingénieux architecte Dédale. C'est qu'aux yeux de Minos il ne fallait pas moins qu'un labyrinthe pour cacher le Minotaure, créature de la honte, né des amours de sa femme, Pasiphaé, avec un robuste taureau. Que son épouse l'ait trompé, passe encore, mais avec un taureau... ! Cette démonstration de zoophilie (en grec, l' « amour des bêtes ») était plus qu'il ne pouvait supporter.

L'architecte Dédale

La réputation de Dédale a franchi les siècles. Son nom est devenu aujourd'hui synonyme de labyrinthe : un « dédale », c'est un lieu où l'on risque de s'égarer.

Mais laissons là les infidélités de la belle Pasiphaé pour en revenir à Thésée. Quand bien même il parviendrait à se débarrasser du Minotaure, comment pourra-t-il ensuite retrouver la sortie dans les méandres du labyrinthe ? Qu'on se rassure, impossible est un mot qui n'existe pas dans la mythologie grecque, et chaque problème a toujours sa solution, même si le prix à payer est souvent élevé, car les dieux grecs n'oublient jamais de faire les comptes...

Les dieux veillent donc et, alors qu'il s'apprête à pénétrer dans l'antre de la bête, Thésée rencontre Ariane, la fille du roi Minos et la demi-sœur du Minotaure. Quelle coïncidence ! Et quel coup de foudre ! Ariane craque pour le beau prince et lui propose secrètement la clé du mystère du labyrinthe. En réalité, il ne s'agit pas vraiment d'une clé, mais d'un fil magique, ou plus exactement d'une banale pelote de fil. Ben oui, il fallait y penser ! Notre héros n'aura qu'à la dérouler au fur et à mesure de sa progression dans les méandres du labyrinthe, sans jamais lâcher prise. Une fois le Minotaure terrassé, Thésée n'aura qu'à revenir sur ses pas, rembobiner le fil déroulé et se laisser guider par lui pour retrouver la sortie et rentrer tranquillement au pays.

Aussitôt dit, aussitôt fait, Thésée, sûr de son fait, s'engouffre dans le labyrinthe. Il ne lui faut

Le fil d'Ariane

L'image du « fil d'Ariane » est aujourd'hui employée pour désigner ce qui sert de guide pour résoudre un problème, l'élément auquel il faut s'accrocher, sans le lâcher, sans le perdre de vue, pour parvenir à une solution.

C'est ainsi que, au début des années 70, les concepteurs de la fusée Ariane ont choisi de baptiser leur projet : la fusée Ariane devait symboliser, par sa réussite, la fin de plusieurs années d'erreurs et d'échecs, pendant lesquelles les Européens n'avaient pas réussi à s'imposer dans l'espace aux côtés des Soviétiques et des Américains.

qu'une poignée de secondes pour venir à bout du monstre. Les coups portés sont précis. Le sang gicle sur les murs. Thésée ne fait pas de quartier. À sa sortie, Ariane l'attend pour s'enfuir avec lui. Le couple n'a plus qu'à reprendre la mer, direction Athènes, où, jeunes, beaux et puissants, ils pourront vivre heureux et avoir beaucoup d'enfants...

Sauf que la mythologie grecque ne ressemble pas toujours à un conte de fées. Ici, pas de *happy end*. Thésée, pour être un héros, n'en est pas moins un homme, avec tous ses défauts. Sans doute un peu volage, un peu « coureur », plus soucieux de sa gloire que de rester fidèle à la belle Ariane, le voici qui, lors d'une escale sur l'île de Naxos, « oublie » malencontreusement sa promise et largue discrètement les amarres, histoire de voguer vers d'autres aventures... et d'autres conquêtes féminines.

Hélas pour lui, sa trahison ne restera pas impunie. Ariane, découvrant au matin qu'elle a été abandonnée, implore, hors d'elle-même, la vengeance des dieux. Et c'est ainsi que Thésée, enivré par sa récente victoire sur le Minotaure et savourant par avance le triomphe de son arrivée à Athènes, oublie la promesse qu'il avait faite à son père : « Si je vaincs le Minotaure, je hisserai sur le navire des voiles blanches, symbole de la victoire ; dans le cas contraire, mes compagnons conserveront les vieilles voiles noires, et je serai sans doute mort... »

Debout sur l'acropole, le vieux roi scrute l'horizon depuis des semaines. Un matin enfin, il aperçoit le bateau. Les voiles sont noires. Thésée, puni par les dieux, a perdu la mémoire des siens, il a oublié de changer sa voilure. Et le vieil Égée, accablé de chagrin et de désespoir, se jette dans la mer, qui aujourd'hui encore porte son nom. Chaque vague qui se fracasse sur le rivage renferme à jamais la complainte d'un père qui ne saura jamais que son fils est vivant.

La mer Égée

La mer Égée est la partie de la Méditerranée qui borde la Grèce à l'est et la sépare de la Turquie. Elle est parsemée de plus de trois mille îles et îlots.

C'est ainsi que mon grand-père Spyros me racontait l'histoire du labyrinthe, lorsque, ma main calée dans la sienne, il m'emmenait en balade à travers les ruelles blanchies à la chaux de Missolonghi. Chaque été, toute la famille se retrouvait dans cette ville historique de la Grèce centrale, dont, au début du XIXe siècle, la population fut massacrée par les Turcs qui occupaient le pays. Missolonghi est la ville de mes ancêtres, mes grands-parents y vivaient paisiblement. Aux premiers jours de juillet, nous arrivions de France en voiture avec mes parents et ma sœur, pour y passer tout l'été.

J'ai douze ans. Spyros me fait découvrir la poutargue (des œufs de cabillaud séchés au soleil) et l'ouzo (boisson alcoolisée à l'anis). Je suis saoul de

Grèce, de lumière, de chaleur. Après les matinées salées sur la plage de Tourlida, nous passons nos après-midi alanguis sur de petits lits de camp aux draps de lin, dressés à l'ombre des oliviers. Spyros nous explique que les arbres centenaires nous écoutent, nous sentent et nous renvoient leur énergie ; à nous de la percevoir. Je n'arrive pas à dormir, les arbres marchent autour de moi, la tête me tourne à cause de l'ouzo.

J'entends encore, dans ma mémoire d'enfant, la voix chaude et grave de mon grand-père réciter pour moi les prouesses de nos héros grecs, tandis que l'air du soir embaumait du parfum des jasmins et des feuilles de tabac séchées. Je n'avais aucun mal alors, avec mon imagination fertile de gamin, à me rêver dans la peau de l'un de ces héros : je suis Thésée, errant dans les galeries humides de Cnossos, parmi les cadavres décomposés des malheureux Athéniens déchiquetés par le monstre, dont le mugissement se fait de plus en plus proche...

... mais ce grondement qui fait vibrer mes entrailles, c'est seulement le métro, qui éventre les ténèbres à vive allure. Je suis désormais étudiant sans le sou à Paris. Chaque jour, je m'engouffre sous terre pour rejoindre la fac. Au bout du tunnel, pas de Minotaure. Châtelet-Les Halles. Changement.

Spyros m'aurait-il floué ? Toutes ses histoires n'étaient-elles que le fruit de son imagination fertile ? Je l'ai pensé, happé par le tourbillon des temps modernes. Des préoccupations terre à terre et narcissiques ont remplacé mes rêves d'enfant : réussir mes études, construire ma vie sociale. Les amis, les copines. Mes pensées s'arrêtent au dernier jean à la mode, au dernier tube, au dernier gadget. Je me précipite pour l'acquérir et l'exhiber dans un endroit branché. La classe.

Pourtant, sans crier gare, le Minotaure et son labyrinthe finissent par se rappeler à moi. J'ai dix-huit ans, je ne veux plus rien devoir à personne et surtout pas à mes parents. Ego d'ado. Alors, pour payer mes études de lettres à la Sorbonne, je travaille quatre nuits par semaine. L'argent gagné me sert à régler le loyer d'une modeste chambre de bonne de la rue Poissonnière et à acheter des disques. J'ai les cheveux longs, je lis Baudelaire et Charles Cros, et je pars comme Rastignac, le héros de Balzac, à la conquête de Paris, sans savoir comment et pourquoi. En attendant, à l'heure où les gens se couchent, je commence à travailler. Bientôt minuit. J'arpente les couloirs monochromes de la Maison de la Radio où j'ai trouvé mon premier job d'étudiant. Une maison ronde, sans angles, où les couloirs tournent sans fin, ouvrant sur des pièces qui se ressemblent toutes. Je m'y égare d'abord. J'ouvre des portes ensuite ; parfois les bonnes, d'autres qui ne mènent nulle part. On me regarde d'un air curieux, comme si j'étais un intrus. Il me faut du courage pour affronter ce monde où je peine à trouver ma place.

Comme Thésée, je dois tracer ma route dans ce labyrinthe, pour en ressortir plus fort, plus solide. Je comprends très vite que la Maison de la Radio est mon lieu d'initiation. Du fond de mon petit cagibi de 3 mètres carrés, mon travail consiste à découper et à classer les informations retranscrites sur les rouleaux de papier carbone. Elles arrivent du monde entier sur mes téléscripteurs. Attention, il ne faut jamais laisser passer une dépêche importante, dès qu'un « urgent » tombe sur les télex il faut l'apporter au studio où les journalistes présentent les flashs. Urgent : Roumanie. 23 décembre 1989. Découverte d'un charnier dans la région de Timisoara, on parle de plusieurs milliers de morts selon un bilan provisoire. Urgent : Afrique du Sud. 11 février 1990. Après plus de 10 000 jours et 10 000 nuits de captivité, Nelson Mandela a quitté sa prison de Paarl devant laquelle, et jusqu'au Cap, l'attendaient des centaines de milliers de partisans. Urgent : Irak. 17 janvier 1991. Début de l'opération militaire « Tempête du désert », la coalition des forces alliées réunit 28 pays et 605 000 hommes.

Jour et nuit, des millions de mots crépitent dans ma tête. Je m'y perds un peu. C'est ma première initiation au journalisme. Pourtant je suis là et je dois m'en sortir. Affronter sans fléchir les minotaures modernes. Chacun d'entre nous croise un jour sur son chemin ces créatures prêtes à le dévorer tout cru. Certes, il ne s'agit plus de monstres sanguinaires, mi-hommes mi-bêtes. Non, ce sont juste des cyniques, qui affichent leur supériorité pour mieux masquer leur trouille de ne pas être à la hauteur. Ils t'attaquent parce que tes idées ne sont pas les leurs. Ils t'attaquent ou te méprisent, passent sans te dire bonjour, sans te tendre la

Ils se croient sortis de la cuisse de Jupiter...

C'est bien ce qu'on dit de ceux qui « se la jouent » un peu, et se jugent, sans trop de modestie, supérieurs aux autres, comme si leur naissance les distinguait du commun des mortels.
L'expression évoque la naissance de Dionysos.
Jupiter – en grec, Zeus, le roi des dieux – avait séduit une mortelle, Sémélé. Celle-ci tint absolument à voir son amant dans tout l'éclat de sa splendeur. Le dieu du Ciel lui apparut alors entouré d'éclairs et la pauvre Sémélé tomba foudroyée (un coup de foudre en quelque sorte...).
Pour sauver l'enfant qu'elle portait, Zeus-Jupiter l'enfouit dans sa propre cuisse jusqu'à ce qu'il arrive à terme.

main. Au cœur du labyrinthe, ils s'imaginent ainsi régner en maîtres. Leur trône, c'est la machine à café, devant laquelle ils font du lobbying et draguent de jolies stagiaires pour se faire croire qu'ils ont du pouvoir. Ce qu'ils ne savent pas, c'est qu'ils sont prisonniers du labyrinthe. Par peur de s'égarer, ils n'ont jamais poussé d'autres portes que celles ouvertes par leurs semblables. À moi d'en ouvrir d'autres. Certains m'ont aidé à le faire en me transmettant une part de leur savoir ; d'autres se sont montrés moins charitables. « Toi, tu ne seras rien, tu crois qu'on t'a attendu ? » me lance l'un d'entre eux parce que j'ai eu le tort de m'immiscer sans invitation dans une conversation sur la géopolitique des Balkans. C'est vrai, j'aurais pu être plus discret, moins direct. Le coup est vexant, les jolies stagiaires étouffent leurs rires. Mais au fond de moi je n'ai pas honte de m'être exprimé du haut de mes dix-huit ans. Et cette petite humiliation me motive encore plus. La voix de Spyros se fait entendre sans prévenir : « Le labyrinthe mène à tout à condition d'en sortir. » Mais comment ?

La nuit s'achève, les nouvelles se sont tues. J'abandonne mon cagibi. La nuit fut blanche, le petit matin est gris. À la rumeur de l'actualité succèdent les bruits de la ville qui s'éveille. Je ne songe qu'à rentrer me coucher. La bouche de métro me happe, me dévore avec des milliers d'anonymes aux visages tristes. Je me sens oppressé, perdu. Je m'endors presque sur la banquette. Dans ma somnolence, d'étranges visions surgissent. La vie entière m'apparaît comme un gigantesque labyrinthe. Mon avenir se dérobe sous mes pas. *No Future !* La vieille devise des punks. Le type qui vient de s'affaler en face de moi, blouson de cuir et coiffe à l'iroquoise, arbore, écrit au feutre noir sur son vieux sac US, ce slogan définitif et sans espoir. Il a peut-être raison. À quoi servent contre la fatigue et la solitude d'improbables « ça ira mieux demain », ces circonvolutions du rien qui donnent le tournis ? La question n'est plus de savoir si le bout du tunnel est proche, mais s'il existe quelque chose au bout. Encore et toujours, je pense à Spyros. Je voudrais être Thésée mais, dans mon Walkman, Daniel Balavoine crie : « Je ne suis pas un héros, mes faux pas me collent à la peau. » Cette chanson me va si bien.

Ne pas perdre ma route, ne pas perdre mon temps, ne pas me perdre, telle est mon obsession. Vivre est urgent. Quitter le labyrinthe pour retrouver mon identité. Le métro s'arrête. Je descends. Station Bonne-Nouvelle. Est-ce un présage comme ceux que les dieux envoyaient jadis aux Grecs ? Le SDF qui me regarde droit dans les yeux depuis quelques secondes erre tous les jours dans ce monde souterrain. Je lui donne la pièce qu'il attend et j'espère secrètement qu'il m'apportera en échange le fil d'Ariane, la voie de la rédemption. Je ne sais rien de son identité mais quelle importance, puisque je commence à perdre la mienne.

Le labyrinthe rend aveugle. On n'y distingue plus rien clairement. Dans ses couloirs tapissés de glaces déformantes l'image qu'il vous renvoie de vous est tronquée. Le regard des autres vous transforme, on finit par jouer un rôle de composition pour plaire à la galerie. On finit par devenir ce que les autres voient en nous. On leur dit juste ce qu'ils veulent entendre, même si l'on n'en pense rien. Par peur de ne pas être aimé, on fait semblant, on se surprend à mentir, à oublier la vérité, qui n'est pas toujours bonne à dire.

Le labyrinthe rend amnésique. Puisqu'on finit par être un autre, on ne se souvient plus. La seule issue de secours : c'est la mémoire. Là est mon fil d'Ariane. Ma mémoire et la mémoire des miens, leur histoire, leurs mythes, leurs traditions, leurs croyances, leurs superstitions, leur philosophie.

Sans racines, l'arbre se dessèche, il meurt. Je ne suis pas enchaîné aux choses du passé, je les transporte avec moi. « Si tu sais d'où tu viens, tu sais où tu vas, murmurait Spyros ; à toi de transformer le bruit des casseroles en musique de chambre. » Les casseroles ? C'est tout ce qu'on transporte depuis le premier jour. Ses angoisses, ses doutes, ses problèmes, mais aussi les pro-

La lignée

Chez les Grecs, depuis l'Antiquité, il est primordial de déterminer l'origine, la lignée. Encore aujourd'hui les vieilles femmes vêtues de noir des villages de ma région d'origine me demandent : « Tinos Eisai ? » *« De qui tiens-tu ? » Je leur parle de mon père, Andréas et de mon grand-père... Alors elles acquiescent d'un signe de tête suivi d'un : « Ah oui !... » Même si ces noms ne leur disent rien, ça les rassure d'avoir une réponse.*

Appartenir à la cité, c'est encore aujourd'hui une façon de ne pas être considéré comme un barbare.

blèmes qu'on a hérités des autres. Il faut vivre avec. Je vis avec mes racines grecques, je vis avec mon passé d'enfant d'émigrés. Cette différence qui parfois me faisait montrer du doigt à l'école, c'est aujourd'hui ma plus grande richesse.

Ma mémoire est un disque dur sur lequel est imprimé tout ce que je possède et qui est en moi depuis longtemps, même si je ne l'ai pas toujours su. C'est la base de données dans laquelle je puise de quoi affronter les situations compliquées, de quoi résoudre les difficultés qui se présentent à moi, de quoi faire les bons choix dans l'existence, ceux qui me permettront de rester moi-même. « Suis ton instinct, écoute ton cœur et reste honnête dans ton travail », le triptyque de Spyros guide toujours mes pas. Au moment de signer un contrat ou d'accepter un travail, j'ai toujours interrogé mon instinct avant d'écouter les spécialistes et les avocats (bien utiles pourtant). Cette logique de l'intuition qui me dit tout de suite si je suis à ma place ou pas, Spyros me l'a insufflée. C'est ainsi que les histoires qu'il me racontait prennent aujourd'hui une autre dimension dans mon quotidien, à quelque 3 000 kilomètres de Missolonghi.

La danse des mauvais garçons

Le zeibekiko est l'une des danses populaires grecques. Au début du siècle dernier, c'est une danse exclusivement dansée par les hommes dans les tavernes et les bas-fonds mal fréquentés.

Il m'arrive d'arrêter un instant le bruit trépidant de l'existence, de ne plus courir sans raison, de rester avec moi-même pour seule compagnie : je suis aux abonnés absents. Alors, j'entends, qui monte, impromptue, du fond de mes entrailles, cette petite voix qui me parle : le chant de mes ancêtres. Comme Spyros, je me surprends à cracher par trois fois à terre et je me signe brusquement lorsqu'un chat noir me coupe la route, histoire de conjurer le sort. Comme Spyros, je pisse sur les murs d'un nouvel appartement pour consolider les fondations de la maison qui m'abritera. Comme Spyros, je rends hommage aux morts en invitant mes amis autour d'une table pour dîner et boire à la santé de leurs âmes. Comme Spyros, je regarde le ciel pour décrypter le vol des oiseaux. Bon ou mauvais augure ? Le chant des chardonnerets, des rossignols, des hirondelles en dit long, de même que le croassement des corbeaux. Aucune explication logique, aucune technique cartésienne. Juste une question d'intuition encore. Comme mon grand-père, je me surprends à danser le *zeibekiko* dans les coulisses d'un plateau télé quelques minutes avant un direct, c'est plus fort que moi. La danse de l'aigle pour vaincre la peur et « élever son cœur », disait-il. Les bras tendus presque en déséquilibre, la tête penchée en avant, ivre de ces langoureux rythmes ancestraux, je tourne lentement sur moi-même et m'oublie. L'aigle fixe le sol dans le vertige salutaire de la danse, le *zeibekiko* m'apprend à lutter avec moi-même. Plus rien n'est important, jusqu'au moment où un assistant-réalisateur me ramène sur terre à trois secondes de l'antenne, en me poussant littéralement au centre de l'arène. Lumières. Ce soir, les dieux grecs sont avec nous. Top générique.

LE VOYAGE D'ULYSSE

ou Comment faire de l'exil une force

Où que me porte mon voyage, la Grèce me fait mal.

Georges Séféris.

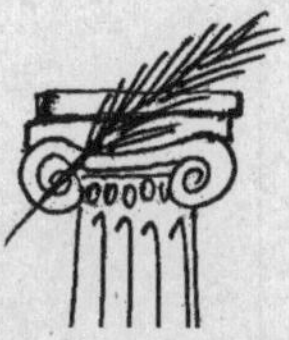

Andréas cherche un trousseau de clefs dans la poche de son veston. Il est cinq heures du matin. L'homme a une trentaine d'années, il descend les stores de sa boutique pour la dernière fois. Une valise à la main, vêtu d'un long manteau noir, Andréas salue d'un regard tranquille le vieux Parthénon. Dans le crépuscule, le temple dénudé ressemble à un décor en carton-pâte. Andréas presse le pas. Il vérifie qu'il a bien sur lui son billet et son passeport. Le train part à six heures. Personne ne l'accompagne à la gare. Personne pour le saluer sur le quai. Pendant trois jours et trois nuits, Andréas voit défiler devant lui les forêts yougoslaves, les montagnes autrichiennes, les plaines françaises. À l'aube du 22 février 1964, Andréas arrive à Paris dans son long manteau noir. Ce jour-là, il décide de recommencer sa vie à zéro dans une ville dont il ignore tout. Andréas ne parle que le grec, il est célibataire, tailleur de profession et personne ne l'attend gare de Lyon. Il pleut sur la pierre de taille de l'édifice gris.

Cet homme qui marche sans savoir où aller, c'est mon père. Je porte en moi son exil avec tendresse et fierté.

Le Parthénon

Le Parthénon est à Athènes ce que la tour Eiffel ou l'Arc de Triomphe sont à Paris.
Ce monument, parmi les plus célèbres du monde, s'élève sur l'Acropole, colline située au cœur d'Athènes et qui domine la ville de sa hauteur.
Bâti au ve siècle avant Jésus-Christ, c'était à l'origine un temple dédié à la déesse Athéna.

La plupart des Grecs ont dans leur famille un ancêtre qui scrute l'horizon, une femme ou un homme qui se jette dans l'inconnu les poches pleines de rêves, l'or des pauvres. La mythologie est riche de ces personnages qui furent un jour contraints de partir, de laisser les leurs pour changer de

Jason et Énée : deux exilés de la mythologie

Prince troyen, Énée dut s'exiler après la destruction de Troie. Par la volonté de Zeus, il gagna l'Italie pour fonder une nouvelle cité. Ce sont ses descendants, Romulus et Rémus, qui fonderont la ville de Rome. Comme Ulysse, Énée sera condamné à errer longtemps sur les mers avant de parvenir à son but. Cette errance est racontée par le poète Virgile, dans L'Énéide.

Jason est resté célèbre dans la mythologie pour le périple qu'il accomplit avec ses compagnons, les Argonautes, à la recherche de la Toison d'or. Parce qu'il avait peur qu'il ne lui vole son trône, Pélias, l'oncle de Jason, lui impose une épreuve dont il pense qu'elle lui sera fatale : conquérir la Toison d'or, pelage d'un bélier fabuleux, gardée en Colchide par un monstrueux dragon. Aidé par les dieux, le héros, au terme d'un voyage aventureux et plein d'obstacles, parvient à s'emparer du précieux trésor.
La Toison d'or symbolise désormais un trésor lointain, une quête inaccessible.

vie. Antigone, Œdipe, Oreste, Jason, Énée... Tous se sont exilés à un moment ou à un autre, dans la douleur. Souvent par fatalité, car il était écrit qu'il fallait partir, les dieux en avaient décidé ainsi. Aujourd'hui, les dieux ne décident plus ainsi du sort des humains, mais l'on s'exile encore, par nécessité, pour manger, dans l'espoir de jours meilleurs, ou pour sauver sa peau, parce qu'il faut fuir la violence, la guerre ou la dictature.

Arrachement, déracinement, solitude, l'exil génère des situations extrêmes mais aussi une multitude de sentiments contradictoires. Survivre, se surpasser, se souvenir. Tous les grands exilés s'efforcent de donner un sens à leur vie, car ils en connaissent le prix. « Ceux qui sont loin de chez eux [...] gardent au fond d'eux quelque chose qui fait mal, qui fait mal », chantait Michel Berger. Cette chose qui fait mal, c'est de ne pas savoir si un jour on rentrera chez soi. Les Grecs appellent cela, depuis des millénaires, le *nostos*. Bien plus que le mal du pays, le *nostos* est un sentiment qui fait qu'on n'est bien nulle part, qu'on est en manque permanent et en décalage avec l'instant présent. Vivre dans la nostalgie inavouée du passé et dans la frustration d'un avenir incertain, voilà typiquement le malaise de l'exilé. Entre les deux, celui qui part sait pertinemment qu'il perdra son identité s'il s'égare en route. « La plus grande obsession d'Ulysse », disait Spyros.

La lecture de l'*Odyssée* à l'heure de la sieste, lorsque ni grand-père ni moi n'arrivions à fermer l'œil, était un rituel, notre escapade quotidienne. À l'ombre d'un mûrier aux larges feuilles, Spyros racontait le voyage d'Ulysse, lentement, très lentement. Il prenait vraiment son temps. Chaque mot

Le mal du pays

Le nostos est *un des mots-clefs de* l'Odyssée. *Il désigne le « désir du retour ». Et c'est à partir de lui qu'a été créé dans notre langue le mot « nostalgie » : le suffixe -algie vient du* grec algos, *« douleur ».*
La nostalgie, qui nous fait regretter ce que nous avons perdu, signifie donc, au premier sens du terme, le mal du pays.

d'Homère renfermait un parfum, et nous le humions ensemble. Les cigales – porteuses de mémoire, selon les Anciens – donnaient le tempo.
« Après dix ans de guerre acharnée pour venir à bout de la cité de Troie, Ulysse avait donc pris le chemin du retour. Le retour au pays après toutes ces années de conflits. Le stratège aux mille ruses n'arrivait pas à le croire, dix ans étaient déjà passés, des rides et des blessures avaient marqué son visage. Une décennie de batailles. Des morts par milliers, des frères de sang perdus à jamais. Son royaume lui avait manqué, il pensait à sa femme Pénélope et à son fils Télémaque, qui

devait être un homme maintenant. Ulysse était fatigué, il rêvait de rentrer à la maison au plus vite alors que ses hommes chargeaient le vaisseau du butin et des provisions remportés de Troie. Cette guerre, il ne l'avait pas voulue, les autres souverains grecs l'avaient presque poussé de force à rejoindre la coalition. Il ne leur devait plus rien maintenant, le contrat avait été respecté. Revoir les montagnes d'Ithaque qui surgissent fièrement du bleu clair de la mer ionienne, tel était le souhait d'Ulysse. Mais les dieux en avaient décidé autrement, mon petit Nikolaki », concluait Spyros, en passant machinalement ses doigts sur sa moustache, la voix teintée d'un suspense un rien surjoué.

La suite, je l'ai lue et relue à l'école, puis à l'université. L'*Odyssée* est devenue l'un de mes livres de chevet. Dans l'avion, dans les hôtels au bout du monde, lorsque je partais en mission pour Euronews, je laissais toujours traîner au fond d'un sac entre deux cassettes de tournage et un dictaphone, un volume de l'*Odyssée*. Il m'arrivait d'en lire quelques lignes par jour. Le plus souvent je posais juste le livre sur une table, comme s'il avait quelque chose à me dire. Pas par fétichisme, ni par superstition. Ça me rassurait simplement de savoir que ce long poème, vieux de près de trente siècles, n'avait pas pris une ride et qu'il se baladait avec moi dans les gares et les aéroports du monde en cette fin de XXe siècle. Sa force tranquille me faisait relativiser toutes les situations de crise.

L'Odyssée

Long poème attribué au poète grec Homère (VIIIe siècle av. J.-C.), l'Odyssée *raconte le voyage d'Ulysse pour regagner Ithaque sa patrie, après la guerre de Troie. Les dieux mettent sur sa route une série d'obstacles, et il faudra au héros grec plus de dix ans pour rentrer chez lui.*

Ulysse se dit en grec Odysseus, *d'où le titre de ses aventures.*

Dans la langue d'aujourd'hui, une « odyssée » est un voyage extraordinaire, riche en péripéties.

Septembre 1993. Je suis au soir de mon premier direct télé, pour la présentation du journal de Monte Carlo TMC. Toute la rédaction est en ébullition autour de moi. Je suis jeune journaliste et, pour la première fois de ma vie, je vais présenter un journal d'une vingtaine de minutes, sans prompteur, cet appareil placé d'ordinaire au-dessus de la caméra et sur lequel défile le texte des informations. Une coupe de champagne à la main, j'arrive à camoufler mon stress devant la galerie, mais à l'intérieur de ma tête c'est la tempête, une tempête digne de celles que Poséidon, le dieu de la mer, envoyait à Ulysse. Je dois m'isoler dans les toilettes pour garder mon calme. Comme si de rien n'était, assis sur la cuvette, maquillé, costardé, me voici plongé dans les pérégrinations du vieil Ulysse : « ... une grande vague le jeta contre la roche de la côte ; il aurait eu la peau déchirée et les os brisés, si la déesse aux yeux brillants, Athéna, ne lui eut mis dans l'esprit de s'élancer et de saisir le roc des deux mains ; il l'agrippa en gémissant, jusqu'à ce que l'énorme vague fût passée. Il l'évita ; mais le violent ressac l'atteignit et le rejeta loin dans la mer. » En voici un qui n'est pas vraiment sorti d'affaire, me dis-je. À côté de sa galère, mon petit direct de rien du tout ressemble à une promenade de santé... On a frappé à la porte des toilettes, je crois qu'on me cherche. Où planquer mon livre, bordel ?

D'Ulysse à Cousteau

Calypso, après avoir retenu Ulysse sept années auprès d'elle, l'aida, sans rancune, à regagner son pays en l'aidant à construire un radeau grâce auquel il pourrait reprendre la mer.
C'est ainsi en hommage à la nymphe que le commandant Cousteau baptisa le navire avec lequel il devait explorer les océans du globe La Calypso.

En redécouvrant aujourd'hui sur le papier les aventures d'Ulysse, je constate que le texte est toujours actuel, que ses personnages sont on ne peut plus modernes. Homère, le vieux poète aveugle, ne porte pas de jugement moral : il nous invite à réfléchir sur des sentiments humains à l'état brut. Il nous invite à tirer nos propres enseignements et nous propose un éventail de situations où chacun peut trouver matière à son goût.

Pour moi, le fils d'Andréas, l'histoire d'Ulysse est d'abord celle d'un exilé. C'est ainsi que je lis et relis l'épisode où Ulysse fait naufrage chez Calypso. Calypso est une superbe nymphe, habitant une île pleine de jardins merveilleux où vivent des créatures de rêve. Le bonheur, quoi. On comprend qu'Ulysse, ayant mis le pied sur ce petit coin de paradis terrestre, ait momentanément oublié que Pénélope, sa fidèle femme, l'attendait chez lui avec leur fils, et qu'il ait prolongé son séjour chez la divine Calypso... pendant plusieurs années ! Et pourtant, rien n'est jamais plus fort que le mal du pays, et Ulysse finit par se lasser des bontés de Calypso et des plaisirs de l'île enchantée. Face au rivage, les yeux perdus sur la ligne d'horizon, il pleure sa patrie et finit par reprendre la mer.

L'exil encore et toujours. Mais Ulysse est bien davantage qu'un marin errant. La question est de savoir pourquoi le héros se trouve dans l'incapacité de rentrer chez lui. Le courroux de Poséidon, dieu de la mer, qui règle ses comptes avec Ulysse parce que celui-ci s'en est pris à un de ses fils, suffit-il à justifier ses mésaventures ? Pourquoi tant de haine à son égard ? Ulysse, soldat vaillant, qui s'est dévoué pour la cause des Grecs en allant combattre à Troie, est pourtant en lutte permanente contre les tempêtes, les monstres, les femmes, les hommes, les dieux, n'en jetez plus, c'est trop pour un seul homme !

Pour comprendre pourquoi, je me suis replongé avec émotion en écrivant ce livre dans mes bouquins de fac. J'ai littéralement dévalisé des librairies à Paris, à Athènes et à Bruxelles pour trouver l'ouvrage le plus juste, la documentation la plus appropriée. J'ai aussi téléphoné, écrit à mes amis profs, artistes, écrivains : l'archimandrite Dionyssios, les peintres Alecos Fassianos et Alkis Pierrakos, l'écrivain Vassilis Vassilikos, l'éditeur Iannis Mavroïdakos... tous ces éminents intellectuels, grands exilés par ailleurs, ont répondu à mon appel. J'avais besoin d'écouter leur témoignage pour appréhender sans erreur cette mythologie dont je ne suis pas un spécialiste. Je me suis très vite rendu compte qu'en tous ces hommes sommeillait un Ulysse, et que, sans se l'avouer, chacun cherchait toujours secrètement son Ithaque.

C'est curieusement sur Internet que j'ai eu le déclic. Je surfais au milieu de la nuit sur la toile virtuelle tel un marin solitaire, lorsque la réponse est venue à moi. http ://perso.club-internet.fr/mul/frame.html : la page de garde du site n'est pas des plus originales ; un sigle : M.U.L, Macramé – Urbanisme – Littérature ; la photo d'un mulet sous le titre. Plutôt insolite, mais pas très glamour. Je tombe sur quelques lignes d'explication. Il s'agit d'une revue littéraire qui se propose entre autres de répondre à cette grande question : « Qu'est-ce que la littérature ? » Vaste programme en somme. Mais j'ai sommeil. L'heure n'est pas à la réflexion et je suis à deux frappes de doigt de quitter le site. Un dernier double-clic sur la table des matières et direction mon lit, pour me jeter dans les bras de Morphée (*by the way*, Morphée est le fils d'Hypnos – le Sommeil – et de Nyx – la Nuit. Il est le dieu des rêves et des songes. Son nom signifie « celui qui reproduit les formes ». Morphée, c'est mon pote).

Double-clic. Revoici Homère. Morphée attendra bien un peu. Je tombe sur l'article d'un jeune érudit nommé Mark Alizart, qui est précisément à l'origine du site. Je ne connais pas ce garçon, mais les dieux du net ont provoqué notre rencontre. Homère et les philosophes grecs, c'est son monde. Mark a vingt-huit ans, il pense et écrit bien. Il lit et traduit couramment le grec ancien, mais il possède selon moi l'intuition des choses grecques qu'aucun diplôme ne vous apprend. En quelques lignes, il répond à ma question dans son interprétation du chant IX de l'*Odyssée*.

Plantons le décor et situons-nous à nouveau dans l'histoire pour mieux comprendre. Sur le chemin du retour à Ithaque, Ulysse et ses hommes font halte dans une île inconnue pour se reposer et faire le plein de provisions. Ils ignorent que cette île est peuplée de géants barbares : les Cyclopes, qui ne possèdent qu'un œil immense sur le front, un œil unique terrifiant qui ressemble un peu à celui de « Big-Brother », la machine infernale qui, dans *1984*, le roman de George Orwell, espionne tout et tout le monde en permanence. Sauf que ces êtres malheureux, qui ne

À quoi servent les Cyclopes ?

Les Cyclopes apparaissent souvent dans la mythologie. Géants monstrueux, ils ne sont pas tous des bergers, comme ceux que rencontra Ulysse. Certains d'entre eux sont des bâtisseurs, à qui les Anciens attribuaient la construction d'édifices monumentaux, trop gigantesques pour avoir été construits par des humains.
C'est ainsi qu'un travail « cyclopéen » désigne dans notre langue un travail démesuré et, en apparence, surhumain.

font rien de leur vie, ne vivent pas dans un loft mais dans des grottes humides, isolés du reste du monde. Personne n'est jamais venu perturber leur routine solitaire et sauvage, jusqu'au jour où Ulysse s'immisce, sans le savoir, dans leur vie.

La nuit tombant, notre héros et ses compagnons découvrent une caverne dont l'entrée est décorée de branches de lauriers. L'intérieur est sec, il y a du fromage dans des paniers et même des chevreaux au fond de la grotte. « L'abri idéal par les temps qui courent », se dit Ulysse. Les Grecs allument un feu, égorgent quelques bêtes pour le dîner et s'endorment tranquillement. Soudain, un Cyclope géant fait irruption. Le choc. Le monstre fait entrer son troupeau à l'intérieur de la caverne et referme aussitôt, à l'aide d'un énorme rocher, l'entrée de sa demeure. Polyphème – c'est le nom du géant, amateur de chair humaine – vient de rentrer chez lui après une dure journée de labeur et, manque de chance, il a faim ! Ulysse essaie d'expliquer les raisons de sa présence, évoque la loi sacrée de l'hospitalité, bref, tente de parlementer pour sauver sa peau et celle de ses compagnons. Mais l'ogre à l'œil unique ne veut rien savoir, et, histoire de se caler l'estomac, dévore deux malheureux, avant de s'endormir repu. La nuit va être longue. Ulysse, meurtri, ne peut fermer l'œil. À l'aube, le Cyclope décervelle deux autres de ses compagnons, puis quitte la caverne avec son troupeau en prenant soin de bloquer rapidement l'entrée de la grotte à l'aide du rocher. Les Grecs sont pris au piège. Il faut d'urgence trouver une solution.

Ulysse – que l'on n'a pas surnommé « le rusé » pour rien – a peut-être une idée... Dans un coin de la grotte traîne un tronc d'arbre, dont Ulysse et ses camarades aiguisent la pointe et la durcissent au feu. Cela pourra toujours servir. Mais voici Polyphème de retour, toujours affamé. Deux nouvelles victimes passent à la casserole. L'horreur se banalise. C'est alors qu'Ulysse propose au Cyclope de goûter au vin qu'il transporte avec lui. La boisson est forte, le géant à l'œil unique descend quelques verres goulûment, avant de s'effondrer, complètement ivre. À peine a-t-il la lucidité de s'enquérir par politesse du nom de son « invité ». « Mon nom est personne », lui répond Ulysse avant de lui planter la pointe affûtée du tronc d'arbre dans la rétine. Ça fait mal. L'œil crevé, le Cyclope hurle de douleur. Ses cris réveillent le voisinage et réveillent les autres Cyclopes qui, à l'extérieur de la grotte, lui demandent ce qu'il lui arrive. « Personne m'a aveuglé ! » crie Polyphème. « Personne m'a aveuglé ! » Les Cyclopes, incrédules, sont pris de fou rire et repartent se coucher. « Ok, Polyphème, arrête de fumer la feta et repose-toi. Demain, ça va être plus cool, mec ! » lui disent-ils en substance (dans une langue un peu revisitée). Impuissant, Polyphème n'a d'autre solution que de chercher à attraper ses tortionnaires, en tâtonnant dans le noir le plus complet. Mais les Grecs sont introuvables. Grâce à une nouvelle ruse d'Ulysse, ils se sont agrippés sous le ventre des moutons et pourront ainsi quitter la caverne, ni vus ni connus, lorsque Polyphème fera sortir son troupeau.

Voilà pour le récit mythique, assez violent dans son ensemble. Derrière le mythe, le jeune philosophe que je découvre donc en surfant sur internet nous propose une relecture qui, à mon sens, pourrait être la clé de l'exil sans retour d'Ulysse. Récapitulons. Ulysse s'échappe de la caverne du Cyclope en se faisant passer pour Personne. La ruse est ingénieuse, l'effet du malentendu plutôt comique, mais sa signification dépasse la simple anecdote. Car, pour s'échapper, que fait Ulysse en somme ? Il devient Personne, en d'autres termes il renonce à son identité et se retrouve condamné à errer sans fin hors de chez lui, hors de lui-même. « Comment ne pas reconnaître dans Ulysse-Personne, ce même homme contemporain, qui pour échapper à l'omnivorance de la technique cyclopéenne, qui voit tout, tout entend, et tout parle, tente de se fondre dans le Rien, dans le silence, dans l'absence, dans le on et l'anonymat ? »

Merci Mark pour l'analyse, ou plutôt pour la psychanalyse. Se fondre dans le Rien. Voilà précisément le danger qui guette tout exilé. Ulysse, l'homme rusé, a traversé les siècles pour nous dire peut-être que la vérité, sa vérité, chacun la porte en soi, dans l'acceptation de sa propre identité.

Andréas ne s'est pas perdu en route parce qu'il n'a jamais oublié. Pourtant la France est devenue son autre pays, il en a accepté les codes et les coutumes, sans jamais renier ce qu'il était. Mon père m'a appris à assumer mes racines, pour mieux comprendre celles des autres avec tolérance et respect. Sur les bancs de l'école à Paris, rue des Récollets, mes camarades s'appelaient Moshé, Juan, Mohammed, Aymeric, Zoriça, Lionel ou Radu. Autant d'origines que de couleurs de peau différentes, moi-même j'étais Nikolaos.

Nikolaos, qui signifie en grec « la victoire du peuple » (*niké* : victoire + *laos* : peuple) : le prénom était gravé en lettres orange sur mon tablier vert, impossible de le cacher. Plus tard, à la radio, on m'a appelé Nicolas. Puis c'est le Nikos de tous les jours, le Nikos qu'utilisent mes proches, qui a pris le dessus. Naturellement. C'est en parlant de la Grèce dans l'émission de Christine Bravo (elle-même petite-fille d'exilés espagnols) que j'ai appris à assumer publiquement ma double culture. Grec de parents, français de naissance. Deux passeports, deux langues maternelles, deux pays, avec pour héritage les rêves d'Andréas, mon père, et de Haroula, ma mère, qui espèrent encore retourner un jour dans leur Ithaque.

À mes parents je dédie l'extrait de ce poème de Constantin Cavafy (petit-fils de Grecs exilés à Alexandrie), l'un des poètes grecs les plus impor-

Sans le savoir, vous portez peut-être un prénom grec...

Bien des prénoms les plus courants sont en effet des héritages de la langue grecque. En voici quelques exemples :

Agathe : *la bonne* (agathos : *bon)*
Amélie : *l'insouciante* (amelês : *insouciant)*
Alexis : *le défenseur* (alexein : *repousser, défendre)*
André : *le viril* (andros : *homme)*
Dorothée : *celle qui est un don de Dieu* (dôron : *don* + théos : *dieu)*
Grégoire : *l'éveillé* (grêgoros : *qui veille)*
Irène : *la paix* (eirênê : *paix)*
Jérôme : *celui dont le nom est sacré* (hieros : *sacré* + onoma : *nom)*
Mélanie : *la noire* (melas : *noir)*
Philippe : *celui qui aime les chevaux* (philein : *aimer* + hippos : *cheval)*
Sébastien : *le vénérable* (sebastos : *vénérable)*
Sophie : *la sagesse* (sophia : *sagesse)*
Théophile : *celui qui est aimé des dieux* (theos : *dieu* + philein : *aimer)*
Timothée : *celui qui honore dieu* (timan : *honorer* ; theos : *dieu)*
Zoé : *la vie* (zôê : *vie)*

tants du début du xxe siècle. Pour lui, Ithaque n'est pas vraiment un lieu. À la fin de son périple, Ulysse ne retrouve pas l'île qu'il avait quittée, ce qui au fond n'est pas si grave, car ce qui compte c'est le voyage...

ITHAQUE

Lorsque tu te mettras en route pour Ithaque
Souhaite que long soit le chemin
Et riche de péripéties, riche d'enseignements
...
Et va t'instruire, va t'instruire chez les sages
Garde toujours Ithaque en ta pensée
Y parvenir, voilà ta fin
Mais surtout, ne te hâte pas dans ton voyage
Mieux vaut qu'il se prolonge des années
Et que tu rentres dans ton île en ton vieil âge
Riche de tout ce que tu as gagné en chemin
Sans attendre qu'Ithaque t'offre des richesses
Ithaque t'a fait don du beau voyage
Sans elle, tu ne te serais pas mis en route
Ithaque n'a plus rien à te donner
Bien que pauvre, jamais elle ne t'a déçu
Sage comme tu l'es devenu après tant d'expériences
Tu sais enfin ce qu'une Ithaque signifie.

LA CHUTE D'ICARE

ou Comment vivre ses rêves
en gardant les pieds sur terre

C'était bien lui, ce fou, cet insensé sublime...
Cet Icare oublié qui remontait les cieux.

Gérard de Nerval.

Je vous ai raconté plus haut l'histoire de Thésée et du Minotaure. Après avoir terrassé la bête, le héros athénien avait mis les voiles, emmenant dans ses bagages Ariane, la fille du roi Minos. Mais en Crète, l'histoire n'était pas tout à fait terminée...

Apprenant que Thésée a réussi à sortir du labyrinthe, Minos, littéralement fou de rage, ordonne sur-le-champ que Dédale, l'architecte qui a construit cette enceinte d'où personne ne devait pouvoir sortir, soit emprisonné dans le labyrinthe avec son fils Icare. Quel retournement de situation ! Dédale qui fut jadis au palais l'artiste aux doigts agiles, jeté en prison comme un vulgaire criminel. Lui qui sculptait des statues si saisissantes de vérité que la légende disait qu'il fallait les attacher pour les empêcher de s'enfuir, lui qui avait mis tout son savoir-faire à la disposition du roi, le voici emprisonné dans son propre labyrinthe. Pas de chance : il n'a pas le fil magique qui permet de s'en échapper.

Dédale pourtant ne se laisse pas abattre. Lui qui a si souvent observé les oiseaux dans le ciel imagine de fabriquer pour lui et pour son fils des ailes, grâce auxquelles ils s'envoleront hors du labyrinthe. Le génial artisan fabrique donc avec des plumes d'oiseau deux paires d'ailes qu'il fixe sur son dos et sur celui de son fils avec de la cire. Avant de prendre son envol, il prodigue à Icare ses dernières recommandations : « Attention, ne vole pas trop bas, car les vagues te mouilleraient et t'alourdiraient avant de t'entraîner au fond de la mer. Ne vole pas non plus trop haut, car le soleil ferait fondre la cire et flamber tes ailes. »

Père et fils s'envolent, Dédale le premier pour montrer le chemin. De temps à autre, il se retourne pour surveiller qu'Icare le suit toujours. Celui-ci, après quelques mouvements maladroits, évolue maintenant dans les airs avec aisance. Les voici désormais qui survolent la mer. Tandis que Dédale s'abandonne à une douce rêverie – il est heureux d'être enfin libre, heureux de s'être approprié le secret du vol des oiseaux –, Icare est gagné par l'ivresse de l'altitude. Pourquoi finalement ne pas s'élever un peu plus, puis un peu plus, encore un peu plus ? Dédale a relâché sa surveillance, Icare peut donc désobéir. Puisqu'il sait à présent parfaitement voler, il n'a plus rien à faire des conseils de prudence de son vieux père : il est jeune, il est fort, il est libre, infiniment libre.

Le voici maintenant tout près du soleil, dont le halo lumineux l'attire irrésistiblement. Mais, dans son dos, la cire qui retenait ses ailes s'est mise à fondre sous l'effet de la chaleur. Les plumes peu à peu se détachent et Icare, déséquilibré, se sent de plus en plus lourd. Il a beau lutter, agiter les bras dans tous les sens, il perd de l'altitude, tombe, tombe, tombe. Devant lui, Dédale est tiré de sa rêverie par un cri. Il se retourne : le ciel qui s'étend dans son immensité est vide. Redoutant le pire, Dédale se rapproche de la mer et aperçoit à la surface de l'eau quelques plumes blanches. C'est tout ce qui reste de son fils. Icare est mort d'avoir désobéi aux conseils de prudence paternels, d'avoir surestimé ses propres forces et d'avoir voulu toucher le soleil.

Dans l'agora boursière de la mythologie, la chute d'Icare est sans nul doute l'une des valeurs les plus cotées. Le mythe, qui a été traduit dans toutes les langues du monde et sa symbolique décodée par des myriades de psychanalystes, philosophes, physiciens et artistes en tout genre est toujours à la mode. On ne compte plus les livres, les peintures, sculptures ou films qui ont été inspirés par le mythe d'Icare. Un petit zapping sur la bande FM : Jacques Higelin chante « Tombé du ciel à travers les nuages, quel heureux présage »,

Le tombeau d'Icare

La légende raconte que Dédale, désespéré, accosta sur une île voisine où il s'assit sur le rivage pour se lamenter.
Le soir, la mer lui rapporta le corps de son fils qu'il enterra. En souvenir d'Icare, cette île de la mer Égée se nomme aujourd'hui Icaria.

Jean-Jacques Goldman répond : « Envole-moi, envole-moi, loin de cette fatalité qui colle à la peau » ; Tina Arena s'y met aussi : « Allez plus haut, allez plus haut », et mon camarade Mario de la Starac' confirme qu'il faut « voler de tes propres ailes ». Mais c'est Akhénaton qui a le dernier mot : « Tous les matins le réveil était le même / Brutal, je rêvais de voler au-dessus des plaines / Et dans les airs à mon plus haut point mes ailes se coupaient / Sur une table mon corps s'écrasait / Le mythe d'Icare n'est pas loin, signe divin ! ».

L'homme est obsédé par les airs depuis le premier jour. On dit que l'on prend son envol pour signifier que l'on s'émancipe, que l'on progresse.

I... comme Icare

En 1979, le cinéaste Henri Verneuil réalise I... comme Icare, *un film sur l'assassinat du président Kennedy.*
Son héros, incarné par Yves Montand, est un procureur. Chargé de l'enquête sur le meurtre, il sera assassiné à son tour pour s'être trop approché d'une vérité dangereuse. Sa mort rappelle celle d'Icare qui s'était trop approché du soleil.

On dit que le bonheur fait planer, que l'amour donne des ailes... Vaincre l'apesanteur (dans l'espace), traverser les continents et les océans comme un oiseau, c'est désormais possible, en navette spatiale, en avion, en montgolfière ou en ULM. Mais l'homme a eu beau conquérir les airs à force d'ingéniosité, l'image d'Icare ne s'est jamais effacée de son esprit. Ancrée dans le langage courant, elle évoque celui qui « se brûle les ailes », qui va trop vite ou trop haut, qui n'en fait qu'à sa tête et qui se casse la figure. La chute après l'envol. L'allégorie est simple

Les ailes de l'Amour

Si l'amour donne des ailes, c'est sans doute en partie à cause d'Éros, le dieu de l'amour dans la mythologie. Également appelé Cupidon en latin, le dieu est souvent représenté comme un enfant joufflu doté de petites ailes et muni d'un arc et des flèches de l'amour qu'il décoche aux uns et aux autres.

et très efficace. Il suffit de jeter un œil sur la presse quotidienne pour y trouver le portrait de tous ces Icare modernes : de grands patrons trop gourmands dont la réussite se transforme en faillite retentissante, ce qui les conduit parfois jusqu'en prison ; des vedettes du show-biz qui pètent les plombs et perdent tout ; des sportifs qui prennent de plus en plus de risques et d'argent pour se planter en beauté. Des hommes politiques, bannis, battus, dont on dit qu'ils sont finis à jamais (même si les Grecs ont toujours soutenu que, dans les affaires de la cité, on peut toujours recommencer). Bref, on est presque rassuré de constater que la métaphore fonctionne comme au premier jour.

Ce matin encore, au café d'en bas, le type accoudé près de moi au comptoir en train de lire son *Parisien* méchamment froissé, commente à voix haute la catastrophe de la navette spatiale américaine Columbia qui vient de se produire : « Ils n'avaient qu'à faire gaffe ! À force de vouloir aller toujours plus haut, on se brûle ! C'est comme ça ! » Sa voisine, du genre à se mêler de toutes les conversations, même de celles qui ne la concernent pas en rajoute, se rengorge à jouer les Cassandre : « Mais parfaitement ! Monsieur a raison ! D'ailleurs, je l'ai toujours dit. À croire que Challenger ne leur a pas servi de leçon... » Et d'égrener toutes les catastrophes qu'elle a pu lire à la Une des journaux. L'affaire est réglée, tout le monde est réconforté, la justice est immanente. Les autres clients acquiescent en silence. Moi, j'ai envie de leur répondre qu'ils sont nuls, mais je ne dis rien. Probablement par lâcheté ; peut-être aussi à cause du malaise qu'ils provoquent chez moi. Flash-back. Je repasse dans ma tête le film des images vidéo amateurs diffusées en boucle sur Euronews, LCI ou CNN, je revois la navette se désintégrer sur fond de ciel bleu, et je ne peux m'empêcher de repenser aussi au Concorde qui s'est écrasé, le 25 juillet 2000, sur Gonesse.

En tant que journaliste, je m'étais rendu sur place pour couvrir le tragique événement. D'un côté l'aéroport Charles-de-Gaulle qui grouillait, des milliers de vacanciers chargés de valises, pressés de partir

Jouer les Cassandre...

Pourquoi la jeune Cassandre a-t-elle laissé son nom à cette expression qui signifie « ne prédire que des malheurs », « voir systématiquement l'avenir en noir » ? Cassandre était la fille de Priam, le roi de Troie, et de la reine Hécube. Le dieu Apollon, qui la convoitait, lui promit, en échange de ses faveurs, des dons de prophétesse. La jeune fille fait semblant d'accepter mais, une fois dotée de ses pouvoirs magiques, elle se refuse au dieu. Pour se venger, celui-ci décide que personne ne croira jamais plus les prédictions de Cassandre.

Comme elle, les Cassandre ne sont jamais crues. Mais attention, à la différence de notre amie du café du Commerce, elles ne disent pourtant pas toujours que des âneries...

au soleil ; de l'autre côté, à quelques enjambées du remue-ménage, le décompte macabre des corps sans vie. Et des dizaines de confrères à la recherche du scoop. Une situation absurde dans un décor surréaliste. Il n'y avait pas d'Icare dans cette catastrophe, il n'y avait que la mort. Et quand la mort rôde, il n'y a plus de place autour pour les mythes, il est urgent de trouver les mots justes. Mais les mots ne viennent pas. Je me suis longtemps posé la question. Ce jour-là avais-je fait mon travail de journaliste, celui qui consiste à transmettre l'information en restituant les faits, rien que les faits ? ou bien n'étais-je qu'un oiseau charognard venu dépouiller de leur dernière once de dignité ces malheureux anonymes déchiquetés dans les décombres du Concorde ? Je ne le saurai jamais. Après mes directs, j'étais discrètement allé prier pour toutes ces âmes en transit, dans une salle de l'aéroport appelée « centre spirituel œcuménique ». Un substitut de paradis.

Ce n'est pas tout à fait du mythe devenu stéréotype dont je veux vous parler. Mais plutôt de l'archétype d'Icare. C'est-à-dire du premier modèle d'Icare, du moule, celui que nous avons tous au fond de nous. Celui qui aspire à voir le monde autrement, à toucher ses rêves. Celui qui décide d'approcher la lumière pour être plus fort, plus près de sa vérité.

Le regard d'Icare je le croise une nuit de mars où il pleut sur Paris. Je quitte le bar de la *Closerie des Lilas* vers trois heures du matin. Quelques verres de Bushmill's irlandais dans les neurones. L'accolade de l'amitié avec les vieux amis avant d'enfiler mon manteau noir. Dans les vapeurs d'alcool et la fumée des cigares, on a encore refait le monde. Ce soir, on s'est donné de l'importance, on a ri, on en a presque pleuré. Comme à son habitude le pianiste corpulent à la mèche grise me joue *Le Métèque* de Georges Moustaki en guise d'au revoir : « Avec ma gueule de métèque, de juif errant, de pâtre grec et mes cheveux aux quatre vents ». Il pleut des gouttes froides sur mes joues.

La mythologie à Paris

De nombreux lieux parisiens tirent leur nom de la mythologie.
Le quartier Montparnasse *évoque le mont Parnasse, montagne grecque située près de Delphes, où les Athéniens vont faire du ski en hiver. Dans la mythologie, le mont Parnasse était considéré comme la demeure du dieu Apollon, le dieu des arts, et de ses muses. Sans doute est-ce pour cela qu'à Paris les artistes ont longtemps fréquenté Montparnasse.*
La plus grande avenue parisienne évoque elle aussi la mythologie grecque : les Champs-Élysées *étaient, selon les Anciens, la région des Enfers où se retrouvaient les hommes vertueux après leur mort : un lieu sans mégastores ni fast-food, mais plein de verdure et de fleurs.*

La tour Montparnasse dresse sa silhouette sombre dans le lointain. J'ai la trentaine, je vis sur les plateaux de télé et dans les avions. Je passe mon temps à décoller et à atterrir, à m'endormir dix minutes par-ci dix minutes par-là, Paris-Athènes-

Paris-Athènes-Paris, *Fasten your seat belt.* Ce soir c'est jour de fête, pas d'antenne, j'étais de sortie. Le chauffeur de taxi me demande si j'ai un itinéraire préféré. À cette heure-là, je ne sais plus très bien, je m'en fiche d'ailleurs. Je suis fatigué, je rentre me coucher, j'ai un avion à prendre dans quelques heures et je n'ai pas fait ma valise. « J'ai jamais eu les pieds sur terre, je voudrais bien être un oiseau, je suis mal dans ma peau » : de l'autoradio s'échappe ce refrain de *Starmania*, la comédie musicale de mes jeunes années. Nous sommes en mars 2001, la pluie fait luire les pavés du boulevard Saint-Michel et j'aperçois, à travers les vitres du taxi, les grilles du jardin du Luxembourg. Elles sont anormalement illuminées à cette heure avancée de la nuit.

Je demande au chauffeur d'arrêter la voiture à l'entrée du jardin. Il râle mais s'arrête quand même. Des couleurs oniriques, des paysages irréels suspendus sur le grillage, j'ai le vertige. Le titre en gros caractères est explicite : *La Terre vue du ciel.* Les photos sont splendides, déconcertantes, chaque panneau mesure à vue de nez 1,50 m sur 1,20 m. J'ai pris l'avion des centaines de fois, mais je n'ai jamais rien vu d'aussi beau. Jamais le temps de voir. Le chauffeur veut partir, il pense que je suis saoul, c'est juste l'émotion qui m'emporte, je suis totalement transporté par la beauté des clichés. Je reste sans voix, debout sous la pluie. Le photographe s'appelle Yann Arthus-Bertrand, ses images vues d'en haut, c'est notre monde, c'est le regard d'Icare. Une bouffée d'oxygène. Comme si j'avais déployé mes ailes le temps d'un clin d'œil dans l'éther du ciel. Le regard d'Icare, une invitation à regarder autrement. Voir le monde autrement pour décider de le vivre autrement.

Avant de tomber, comme n'importe quel autre humain aurait pu tomber à sa place, Icare, qui incarne dans sa chute nos faiblesses et nos illusions, nous offre son regard. Pas la peine de monter à bord d'un hélico comme Yann Arthus-Bertrand ou sur le toit d'un gratte-ciel pour voir le monde autrement. Le jeune homme aux ailes d'oiseau nous invite simplement à prendre de la distance par rapport aux choses pour affiner notre propre jugement, pour relativiser nos petits tracas quotidiens. Les scénarios catastrophe que l'on s'invente : « J'ai raté mon avion, j'ai oublié le chargeur de mon portable, il pleut, je n'ai pas de parapluie et en plus je ne trouve pas de taxi alors que je suis en retard à la réunion du comité de direction ! Mais où est mon portefeuille ? Je ne trouve plus mon portefeuille ! » Relax, ce n'est peut-être pas la fin du monde.

Gardons de l'ivresse d'Icare l'enthousiasme qui alimente nos propres rêves, pour être autant que possible un peu plus philosophes. Le mythe ne nous interdit pas de tenter l'expérience de l'apesanteur, le mythe n'exclut pas l'ambition solaire. Pour preuve, le père d'Icare, qui vole avec son fils et ne tombe pas, car il connaît les règles et n'essaie pas de s'approprier la lumière du soleil. Dédale est à sa place, Icare cherche la sienne.

Gardons l'envie de tenter des choses, à commencer par celle de faire voler un cerf-volant. Ce fut l'un des premiers exercices initiatiques auxquels mon grand-père m'ait soumis. Je devais avoir huit ans. Pendant le week-end, Spyros scia et tailla des tiges de roseau derrière la maison, sans me dire pourquoi. Le lundi suivant nous fêtions à la maison la fin du carnaval, le « lundi pur », que l'on appelle en grec *Kathara Deftera*, le premier jour du Carême. Après avoir mangé du tarama, de grosses olives juteuses de la région de Kalamata et du halva (pâte sucrée à base de farine, de miel et de graines de sésame), Spyros m'a emmené au bord de la mer, sur la plage de Tourlida. C'est là qu'il m'offrit mon premier cerf-volant. Il l'avait construit de ses mains avec du papier et des bambous, je devais le faire voler avec les miennes. C'était la tradition. « Le lundi pur » le cœur est aussi léger qu'un cerf-volant. « Les cerfs-volants sont des oiseaux qui emportent dans leur envol les maladies et les problèmes de l'hiver, Nikolaki », m'expliquait grand-père, façon Obi Wan Kenobi psalmodiant « Que la force soit avec toi », dans *Le Retour du Jedi*, « tu dois te purifier dans l'azur du ciel, mon garçon, et

Mais qu'ont donc décidé les dieux ?

Pour les Grecs, le sort des hommes est fixé d'avance par les dieux. Pour connaître leur volonté, on avait donc recours aux oracles et aux présages.
Les « oracles » étaient les réponses que les dieux apportaient aux hommes par l'intermédiaire d'un prêtre ou d'une prêtresse.
Dans son sanctuaire de Dodone, Zeus parlait à travers le bruit que faisait le vent dans le feuillage d'un chêne sacré, tandis que des prêtres étaient chargés d'interpréter ces bruissements.
Le sanctuaire d'Apollon à Delphes était le sanctuaire le plus fréquenté du monde grec. Les oracles étaient rendus par la Pythie, prêtresse choisie parmi les femmes âgées de Delphes. On pouvait poser directement sa question à la Pythie, dont la réponse, souvent incohérente, comme obtenue sous l'effet d'une transe, était interprétée et retranscrite en vers ou en prose par le prêtre. Mais, même traduite, cette réponse était souvent difficile à comprendre. Bonjour les malentendus...

La volonté des dieux pouvait également être devinée d'après les « présages », consistant en l'interprétation de certains phénomènes en apparence anodins. Le plus souvent, c'est l'observation du vol des oiseaux qui constituait un présage (le mot grec qui désigne l'oiseau, ornis, signifie aussi présage). Par exemple, un aigle que l'on apercevait sur sa gauche était un mauvais présage. Les rêves, les phénomènes célestes (orage, pluie, éclipse, comète...), le comportement d'une victime lors du sacrifice, ou encore un éternuement, voire un mot entendu par hasard, pouvaient être interprétés de manière favorable ou néfaste. Nombre de ces croyances fondent encore la superstition des Grecs d'aujourd'hui...

tu es le seul à posséder l'énergie qui fera décoller ton cerf-volant ! ». On m'avait dit que ne pas pouvoir faire décoller son cerf-volant était un mauvais présage. J'avais pourtant pris suffisamment d'élan, j'y avais mis toute ma bonne volonté. Le cerf-volant a piqué du nez dès mon premier lancement, il n'aura vécu que quelques heures avant de se briser sur les rochers de Missolonghi. J'en ai longtemps pleuré, j'avais échoué aux yeux de celui pour qui je devais être le meilleur. Le complexe d'Icare me faisait douter de tout, chaque été mes cousins me surnommaient « Main gauche », je n'osais plus rien toucher par crainte de commettre une maladresse. Ambiance flop.

Ce n'est que quelques années plus tard que j'ai réussi à faire danser mon cerf-volant dans les airs, seul. J'étais plus confiant, plus fort. Spyros n'était plus là pour me voir, mais j'étais certain qu'il savait.

Le chauffeur de taxi est parti. Je suis rentré chez moi à pied, sans parapluie. Mouillé de la tête aux chaussettes. Ce n'est pas le moment d'attraper froid, il faut que je trouve le bouquin avec les photos de Yann Arthus-Bertrand à l'aéroport. Juste le temps de faire mon sac et d'avaler un thé fumé une fois rentré à la maison, avant de repartir aussitôt, direction Roissy Charles-de-Gaulle. Ça roule toujours mal porte de la Chapelle. « Plus vite, s'il vous plaît, monsieur... J'ai un avion à prendre ! »

« Ôte-toi de mon soleil »

Si Icare s'est brûlé les ailes pour s'être trop approché du soleil, l'ambition de Diogène fut tout autre : ce n'est pas lui, qui irait jusqu'au soleil, mais le soleil qui viendrait à lui.
Ce Diogène n'est pas vraiment un type ordinaire. À la différence d'Icare, ce n'est pas un héros mythologique, mais un personnage historique réel qui a vécu en Grèce au IVe siècle avant Jésus-Christ.
Sa philosophie consistait avant tout à ne rien faire comme les autres. Il avait élu domicile dans un tonneau où il vivait comme un chien, ce qui lui valut le surnom de Diogène le Chien.
Ses contemporains considéraient évidemment ce clochard comme un fou, ainsi ce passant qui le croisa un jour à Athènes en train d'arpenter les rues en plein midi une lanterne à la main. « Que cherches-tu, Diogène ? » lui demande-t-il. « Je cherche un homme », répond le philosophe, manière de dire que, selon lui, aucun des individus qu'il rencontrait n'était digne de ce nom.
Derrière les provocations de Diogène se cachait en réalité une véritable philosophie de la vertu. Son mépris de l'humanité est un mépris des conventions sociales auxquelles tous se soumettent. Selon lui, les honneurs et les richesses sont de faux biens méprisables, comparés au souverain bien, la vertu, c'est-à-dire une vie en conformité avec la nature.
C'est ainsi que lors d'une visite d'Alexandre le Grand, à l'époque l'homme le plus puissant de la planète, Diogène ne juge pas nécessaire de se déplacer pour lui rendre hommage. Intrigué, c'est Alexandre qui se rend lui-même jusqu'au tonneau de Diogène. Celui-ci, en train de se prélasser au soleil prête à peine attention au grand homme. Le voyant si misérable, Alexandre lui demande ce qu'il souhaite, il le lui offrira. Et Diogène de répondre simplement : « Ôte-toi de mon soleil. » Bluffé, le grand Alexandre n'a qu'une seule réponse : « Si je n'étais Alexandre, j'aurais voulu être Diogène. »
Volant moins haut qu'Icare, Diogène, à sa manière, a conquis le soleil.

LE CHANT DES SIRÈNES

ou Comment suivre son chemin
sans succomber à la tentation

De Satan ou de Dieu, qu'importe ? Ange ou Sirène,
Qu'importe, si tu rends, — fée aux yeux de velours,
Rythme, parfum, lueur, ô mon unique reine ! —
L'univers moins hideux et les instants moins lourds.

Baudelaire.

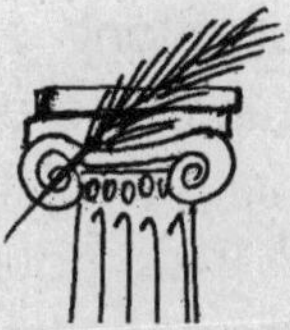

Chaque mois j'attendais cet instant avec impatience. La première fois que c'est arrivé j'étais à l'école primaire rue des Récollets, dans le dixième arrondissement de Paris. Ma maîtresse s'appelait Mme Sallard, elle m'avait confisqué mon paquet de bons points parce que j'étais dissipé. « Bon élève mais bavard », répétait ma mère en commentant mon carnet de notes. Je parlais sans cesse, j'en devenais fatigant. Je vivais dans un monde imaginaire, j'avais l'impression que personne ne me comprenait. À part peut-être Rosalyna, qui n'était certes pas la plus belle fille de la classe, mais qui, elle au moins, écoutait mes histoires. C'est pour l'impressionner qu'avec deux mois d'avance sur la kermesse de fin d'année au cours de laquelle je devais faire une brève apparition en Lucky Luke, j'étais arrivé un matin à l'école avec mon chapeau de cow-boy fièrement vissé sur le crâne. Indifférence de Rosalyna, moqueries de mes petits camarades. La honte. Bagarre générale – et bang ! Punition. Mme Sallard n'apprécie pas qu'on prenne la cour de récré pour un ring de boxe. Me voici collé, condamné à venir passer mon mercredi à l'école pendant que les copains seront au foot.

Je suis affalé sur mes cahiers depuis quelques heures, plus concentré sur les aventures fantastiques que j'élabore en rêve que sur mes exercices de maths, quand soudain : « Ouinnnnn-ouinnnnn », au loin retentit un mugissement sonore, long et plaintif, qui fait trembler les vitres de la classe et me tire de ma torpeur. « Ce n'est rien, ce sont les sirènes ! » explique la maîtresse. Mais pour moi, c'est une révélation, le signal que je dois m'évader, quitter coûte que coûte cette prison, récupérer mon avion de chasse et aller bombarder mes ennemis ! Les sirènes rendent mes rêves plus réels, font disparaître le vieux tableau noir et l'odeur de craie. Ma punition a pris fin.

Ces sirènes, je les entends encore tous les premiers mercredis du mois à midi, lorsque je suis en France. Deux séquences séparées par un moment de silence. Chaque mois l'on teste ce signal d'alerte qui a pour but de prévenir la population en cas de danger immédiat. Pour moi, ce rendez-vous mensuel est devenu aujourd'hui un rituel, l'occasion, comme autrefois dans ma vieille salle de classe, d'oublier mon environnement immédiat et de me retirer en moi-même. J'arrête momentanément le rythme frénétique de mon quotidien et je prends juste cinq minutes pour faire le point. Pause. Réfléchir, prendre du recul. La vie va trop vite parfois, il me faut prendre garde. Prendre garde ? À qui ? À quoi ?

Enfant, lorsque quelqu'un évoquait dans une discussion le chant des sirènes, je croyais qu'il parlait de « mes » sirènes, celles de l'école, et je ne comprenais pas pourquoi toujours on répétait : « Attention au chant des sirènes. » C'est une fois de plus en lisant ce vieux bouquin d'Homère que j'ai compris. Je devais avoir une douzaine d'années. C'était l'été, en Grèce. Je lisais, pour me familiariser avec la langue, des extraits de *l'Odyssée* en grec moderne. Ulysse allait me révéler la vraie signification du « chant des sirènes ». Il n'est jamais trop tard pour apprendre. Sauf pour le permis de conduire, peut-être. Si vous connaissez d'ailleurs une auto-école sympa et rapide, je suis preneur...

Revenons à notre mythe. *Odyssée*, chant XII. Lorsque Ulysse quitte la demeure de Circé, sur le chemin du retour à Ithaque, notre héros sait pertinemment qu'il devra passer tout près du pays des sirènes. La magicienne l'a prévenu, elle lui a même donné le secret pour résister à ces nymphes de la mer, mi-femmes mi-oiseaux, qui attirent les navigateurs par leurs chants envoûtants et précipitent leurs vaisseaux sur les rochers. Mais attention, on ne plaisante pas avec ces créatures. On n'est pas chez Walt Disney, où la petite sirène à la queue de poisson fait rêver les petits ; on n'est pas non plus à Hollywood, dans le film *Splash*, où Tom Hanks est sauvé de la noyade par une sirène blonde à forte poitrine qui se nomme Darryl Hannah ! Dans notre histoire, les sirènes sont extrêmement dangereuses. Par leurs chants mélodieux et enchanteurs, elles attirent irrésistiblement les marins qui viennent s'écraser contre les récifs.

Mais Ulysse est un homme curieux. Le risque, c'est toute sa vie, et ce n'est pas après tant de guerres et tant d'épreuves qu'il fera machine arrière. La tentation est grande. Le chant des sirènes, ou plutôt le chant de la mort, Ulysse l'entendra. Le héros rusé met au point un stratagème, que lui a conseillé Circé la magicienne. Il ordonne à ses hommes de se boucher les oreilles avec de la cire d'abeille, et de l'attacher, lui, solidement au mât du navire. Ainsi, pendant que les autres marins piloteront le navire, sourds à l'appel des créatures malfaisantes, lui pourra assouvir sa curiosité en écoutant le chant mystérieux des sirènes, sans craindre d'y succomber puisqu'il est attaché. La consigne est claire et nette : plus Ulysse hurlera en suppliant qu'on le détache, plus ses camarades devront serrer sur les cordages qui le retiennent attaché au mât. Le navire s'approche donc des rochers où vivent ces fameuses divinités de la mer, à l'entrée du détroit de Sicile, non loin

Une femme enchanteresse

Circé est la plus célèbre magicienne de la mythologie grecque. Fille du Soleil et petite-fille de l'Océan, elle a le pouvoir de fabriquer des philtres magiques capables de transformer les êtres humains en animaux. C'est ainsi qu'elle métamorphose en porcs les compagnons d'Ulysse ayant accosté sur son île. Seul ce dernier, protégé par un breuvage que lui a procuré le dieu Hermès, parvient à conserver son apparence humaine. Il persuade Circé de rendre à ses marins leur forme première. La magicienne accepte mais, comme en plus de ses pouvoirs magiques, elle possède des charmes bien réels, elle séduit Ulysse, qui restera un an dans son île.

Une « Circé » désigne aujourd'hui une femme enchanteresse, aux charmes de laquelle personne ne peut résister.

d'autres monstres appelés Charybde et Scylla, sur l'île d'Anthémoessa. Pas facile de voyager à l'époque. Le chant hypnotisant arrive lentement aux oreilles d'Ulysse, bercé par l'iode, le bruit des vagues et le vent doux du soir qui caresse son visage. Les voix fantômes commencent à enivrer le vieux marin. Leur mélodie le prend aux tripes ; leurs paroles le captivent, promettent de lui faire connaître tous les événements à venir, mais également toutes les clés de son existence passée. Plus de passé, plus de présent, plus d'avenir, les sirènes figent le temps et procurent du plaisir à celui qui se donne à elles. L'âme d'Ulysse est conquise. Il demande à ses soldats de le libérer. Une fois. Pas de réaction de la part de ses hommes qui regardent droit devant et continuent de ramer imperturbablement. Ulysse hausse le ton. Il ordonne qu'on le débarrasse de ses liens. Deux fois. Toujours pas de réaction ; les marins l'ignorent. Ulysse s'énerve, menace, insulte, hurle à la mort, implore les dieux. En vain. Ses hommes rament en silence, puissamment et méthodiquement. Les sirènes chantent de plus en plus fort et effleurent de leurs battements d'ailes la tête du capitaine attaché. Ulysse, au bord du délire, en perd l'esprit. Le regard ébahi, les cheveux hirsutes et la rage au ventre, le roi d'Ithaque maudit ses hommes tout en les suppliant de le laisser rejoindre les sirènes. Personne ne l'entend, personne ne lui prête la moindre attention. Le vaisseau avance inexorablement et s'éloigne petit à petit du pays des nymphes volantes. Ulysse en sueur, les yeux dans le vide, épuisé et sans voix, s'endort.

Plus tard, une fois le danger éloigné, ses hommes détacheront Ulysse et se débarrasseront de la cire qu'ils avaient enfoncée dans leurs oreilles. Nul ne saura jamais ce que les sirènes ont susurré au héros dans leurs chants aux sonorités envoûtantes.

Homère ne nous en dit pas plus. Ulysse a entendu mais il n'en parlera jamais. Il a été séduit mais ne s'est pas laissé prendre. Le roi poursuivra son chemin à la recherche de son île, de son royaume,

D'autres créatures maléfiques : Charybde et Scylla

Entre le sud de l'Italie (la pointe de la botte) et la Sicile se trouve un étroit bras de mer appelé le détroit de Messine. D'un côté de ce détroit vivait, d'après la légende, un monstre féminin appelé Charybde. Trois fois par jour, elle engloutissait d'énormes gorgées d'eau et, avec elles, des navigateurs, qu'elle dévorait.
De l'autre côté du détroit sévissait un autre monstre, Scylla (encore un être féminin...) qui dévorait les marins ayant échappé à Charybde.
C'est ce qui explique que l'on dise aujourd'hui « tomber de Charybde en Scylla », pour indiquer que l'on échappe à un danger pour en affronter un plus grand encore.

de son Ithaque. Les sirènes, dépitées, se suicideront pour noyer leur échec.

Voilà la signification réelle du chant des sirènes. Rien à voir avec les sirènes de mon école, celles qui résonnent dans le ciel de France chaque premier mercredi du mois. Le chant des sirènes de la mythologie n'est pas un avertissement mais une tentation sournoise. Le but de ces créatures est de vous faire sortir de votre route, de vous égarer pour mieux vous briser. Alors je ne peux m'empêcher, en imaginant les tourments que connut Ulysse attaché à son mât, de penser à toutes les sirènes modernes dont le chant aujourd'hui nous fascine dangereusement, un chant si réel et si cruel.

La vie a fait que j'évolue dans un monde professionnel qui fait rêver. Vu de l'extérieur, le pouvoir de l'image est extraordinaire, il ne connaît pas de limite. Dans le monde des lumières du show business tout a l'air facile. Les jeunes en rêvent chaque jour ; dans la rue ils m'interpellent pour me demander ce qu'ils doivent faire pour y arriver. Plutôt qu'une réponse, c'est une question que je leur pose à mon tour : pour arriver où et à quel prix ?

Bien sûr, les petits de la Starac' et tous les jeunes talents que la télé fait connaître ont une chance inouïe. Ils se retrouvent du jour au lendemain propulsés sur le devant de la scène, dans la lumière ; ils chantent avec les plus grands chanteurs français et internationaux, ils sont sollicités à longueur de journée, font des couvertures de magazines partout en Europe. Oui, la Star Academy, c'est du rêve à l'état pur pour Jenifer, Nol-

Encore un mot sur les sirènes...

Les sirènes d'Homère sont trois sœurs, filles du dieu fleuve Achéloos et de la muse de la poésie, Calliope. Lydie joue de la flûte, Parthénopé de la lyre et Leucosie chante. Leur nom vient du terme latin siren, *lui-même issu du grec* seirên, *du mot* seira, *qui signifie « le lien », « la corde », ce qui rappelle le pouvoir captivant des sirènes.*
La transformation des sirènes, mi-femmes mi-oiseaux, en créatures mi-femmes mi-poissons, telle la petite sirène d'Andersen, remonte au Moyen Âge et aux légendes celtiques et germaniques.

Comment, cela étant dit, est-on passé du chant mélodieux des sirènes homériques au hurlement strident et mécanique de nos sirènes actuelles qui n'a rien de particulièrement envoûtant ? Par le biais sans doute de la marine, qui employa d'abord le terme « sirène » pour désigner un appareil servant à émettre dans l'eau des signaux sonores.
Tous les ports, tous les bateaux possèdent encore aujourd'hui leurs sirènes. On peut trouver leur chant lugubre, mais il a pour vocation de sauver les marins, et non, comme dans l'Odyssée, de les perdre.

wenn, Jean-Pascal, Mario, Houcine, Jerem' et tous les autres camarades de scène et de *prime time* avec lesquels je me suis lié d'amitié depuis que j'anime cette émission. Mais pour que le rêve puisse durer le plus longtemps possible, il faut avoir les pieds sur terre. Les jeunes qui participent à cette aventure extraordinaire le savent d'autant mieux qu'ils réalisent très vite que, de l'autre côté du décor, le chemin paraît bien plus long et plus sinueux qu'il n'en a l'air devant les caméras. Un mot d'ordre : du travail et une condition physique irréprochable, un mental de gagnant et aucun faux pas. Pour gagner, il faut même être prêt à perdre. Cela fait beaucoup lorsqu'on est débutant.

Mais cela nous concerne tous. Le succès ne s'improvise pas, il se construit. Encore faut-il savoir le garder, surtout lorsqu'il passe devant vous l'espace d'un instant, le temps d'un battement d'ailes de papillon. Le succès parfois fuit aussi vite qu'un de ces papillons éphémères, qui ne vivent que quelques jours. Bien souvent il ne reste que la poudre d'or pailletée des ailes du papillon. Grande solitude. Généralement c'est là que se fait entendre, comme par hasard, le chant mélodieux des sirènes. Je l'ai entendu à maintes reprises. Les sirènes savent attendre, elles le font depuis des millénaires. Pour un peu de baume au cœur et de consolation, on passe de la poudre d'or à la poudre blanche en une poignée de secondes. Juste pour essayer. Je ne compte plus mes compagnons d'armes devenus zombies aux narines chargées de poudre d'escampette. J'ai peine à croire que mes amis d'un

L'Académie ou l'art d'apprendre

Certes, on connaissait, avant la Star Academy, l'illustre Académie française, fondée par Richelieu, et peuplée de vénérables esprits, artistes et savants, qui n'ont plus grand-chose à apprendre.
Mais la première « académie », se trouve bel et bien en Grèce. Elle fut fondée à Athènes au IVe siècle avant Jésus-Christ, par le philosophe Platon.
Cette école a pour vocation de former les jeunes gens. Certes, on n'y enseigne ni la danse ni la chanson mais la philosophie et les mathématiques. Les leçons commencent tôt le matin. Pour que les horaires soient respectés, Platon lui-même a inventé un réveil qui appelle par un sifflement les étudiants dans les salles de cours. Ces derniers vivent en effet dans de petites maisons dispersées autour du jardin de l'Académie et se retrouvent le soir lors de banquets où ils cultivent leur amitié. Cela ne vous rappelle rien ?
Pour ceux qui n'auraient jamais fréquenté d'académie, les Grecs, décidément férus de pédagogie, ont aussi inventé le « lycée ».
C'est Aristote, encore un philosophe, qui, quelques années après Platon, fonda à son tour sous ce nom, à Athènes, sa propre école de philosophie.

soir ou de toujours, pris au piège des paradis artificiels, soient des personnes heureuses. La chanson de William Sheller les console, « je veux être un

Finir en beauté

Le mot « apothéose », synonyme aujourd'hui de « triomphe éclatant » vient du grec apotheôsis, « le fait de devenir dieu ».
Dans la mythologie grecque, l'apothéose désignait en effet l'accueil d'un héros parmi les dieux après sa mort.

homme heureux », mais l'ennui de la mélancolie banalise la douleur quand la pupille de l'œil est dilatée. La fête, pétillante et futile, devient descente aux enfers. Après l'apothéose, la déchéance. De l'une à l'autre, la frontière est mouvante, franchie parfois sans qu'on s'en aperçoive. Un peu moralisateur ? Un peu réac ? Non. Plutôt une question de réalisme et de respect de soi-même, une valeur que m'ont transmise, que nous ont transmise les Anciens. Chacun est libre d'assumer ses choix, cependant mieux vaut connaître la teneur des tentations, plutôt que d'en être la victime innocente un matin.

Si Ulysse s'invitait parmi nous, pour passer quelques jours dans notre époque, peut-être nous parlerait-il encore des sirènes, et il nous dirait ceci : Tenez vous à l'écart des baratineurs-dealers aux grandes phrases ! Éloignez toutes ces créatures de la nuit qui vous bluffent avec leur savoir-faire et leur carnet d'adresses ! Il dirait encore que succomber au chant des sirènes, c'est vouloir se donner de l'importance avec des choses qui n'en ont aucune, c'est se croire plus fort que les autres devant la tentation, se dire « juste une fois, pour essayer », quand cette fois-là est précisément la mauvaise : la première cigarette, pour faire genre, à quatorze ans, à la sortie du lycée, la bouteille de tequila entre deux slows à la fête du camping, le pétard qui tourne lors d'une soirée « jeu de la vérité », l'amour sans préservatif avec une belle inconnue. Autant de conneries inoffensives que d'héroïsmes fatals. En bref, n'ouvrez pas la boîte de Pandore !

Ce n'est pas tout, dirait encore Ulysse. Méfiez-vous de toute cette faune de charlatans pique-assiette qui ne vit que par procuration, pour une photo format timbre-poste dans la rubrique « J'y étais, j'ai tout vu » des magazines. Les requins ne sont pas loin : sourire dentifrice, bronzage UV « il-me-reste-encore-quelques-unités-dans-mon-forfait-soleil ? », coupe de champagne à la main et quelques « comment ça va, ma chérie ? » pour saupoudrer le tout. Ulysse a raison. J'ai moi-même

Pandore ou les maux de l'humanité

Créature merveilleuse conçue à l'image des déesses, Pandore était une femme possédant tous les dons mais aussi bien des défauts : la ruse, la fourberie, la parole séduisante et trompeuse.

Dans la maison de son époux se trouvait une boîte contenant tous les maux : vieillesse, chagrin, maladie, famine, etc., qu'elle ne devait ouvrir sous aucun prétexte. Pourtant, dévorée par la curiosité, la belle Pandore brava l'interdit et ouvrit la boîte, dont s'échappèrent aussitôt tous les maux qui allèrent se répandre sur l'humanité.

C'est pour cela que l'on parle aujourd'hui de « boîte de Pandore » pour désigner une chose en apparence séduisante, mais qui peut, si l'on n'y prend garde causer bien des catastrophes.

souvent joué le jeu, fier comme un pou. Les mondanités à gogo sont des sirènes auxquelles nous avons presque tous succombé à un moment ou à un autre. Ça a son charme au début, puis vite ça lasse et ça casse. Et puis ma mère ne m'a jamais regardé différemment parce que j'avais ma photo dans le journal ! La gloire à la sauce paparazzi n'est qu'une vilaine chimère.

Poursuivre des chimères

La chimère est un animal fabuleux de la mythologie. Sur un corps de chèvre, elle a une tête de lion et une queue de serpent. Elle vomit des flammes et dévore les hommes et les troupeaux.
Sans doute ce monstre n'a-t-il jamais existé que dans l'imagination. Quoi qu'il en soit, son nom désigne dans le langage courant les utopies, les rêves sans fondement, voire les idées insensées ou les projets impossibles que l'on poursuit.

Écoutons pour finir la dernière recommandation d'Ulysse : Ne vendez pas votre âme à l'argent ! Le but n'est pas de toucher le pactole à tout prix. Choisissez un métier d'abord par passion et non par cupidité. Prenez d'abord du plaisir dans ce que vous faites, le reste suivra. J'ai été roi, tantôt riche, tantôt pauvre, mais toujours libre ! La postérité n'a rien retenu de mes richesses, seules mes aventures et mes galères ont traversé les siècles pour arriver jusqu'à vous, enfermées dans ce vieux bouquin qui prend la poussière dans votre bibliothèque. Amusez-vous mais, de grâce, n'oubliez jamais d'où vous venez, ainsi vous irez partout. Amusez-vous, mais restez libres et dignes. Vous vous le devez à vous-mêmes. Ne donnez

Puni pour sa cupidité...

Comme le roi Midas lui avait rendu service, Dionysos, le dieu de la vigne et de l'ivresse, lui proposa d'exaucer un vœu de son choix. Bien imprudemment, il demande alors de voir se transformer en or tout ce qu'il touchera. Mais, la première euphorie passée, Midas s'aperçoit bientôt que boisson et aliments se transforment inéluctablement en métal précieux et qu'il s'est lui-même condamné à mourir de faim et de soif.

Pris de pitié pour le pauvre Midas, Dionysos annule alors le vœu et envoie le roi se purifier dans le fleuve Pactole qui, depuis, charrie des paillettes d'or et a donné son nom à tout ce qui peut être source de grande richesse.

pas vos rêves d'enfants aux sirènes, elles ne rêvent plus depuis longtemps.

Mercredi 5 février 2003. Le jour de la Sainte-Agathe. La patronne de la terre de mes ancêtres. 12 : 00. À l'heure où je rédige la fin de ce chapitre, les sirènes de la sûreté nationale se mettent en route. Je les avais oubliées. Mais elles n'oublient jamais, toujours à l'heure. Je vais vous laisser. J'ai mon rendez-vous du mois, pardon, du moi. C'est le moment de mon quart d'heure d'analyse introspective mensuelle. Non, ne riez pas. Ça fait du bien parfois de se poser des questions dont il y a de fortes chances qu'on ne trouve jamais les réponses. Histoire de faire une pause, d'arrêter les aiguilles de sa montre.

ULYSSE, ACHILLE, HERCULE ET LES AUTRES

ou Pourquoi admirer les héros grecs

Le héros n'est pas celui qui se précipite dans une belle mort ;
c'est celui qui se compose une belle vie.

Jean Giono.

Thésée, Dédale, Icare, Ulysse... leurs aventures ont en commun qu'elles sont extraordinaires, parfois même, je vous l'accorde, à dormir debout. Pourtant, je suis un peu comme vous, cela fait bien longtemps que je ne crois plus aux contes de fées dans lesquels le vilain crapaud se transforme en prince charmant pour épouser la princesse qui l'attend perchée sur sa citrouille, même si j'aime encore penser que le Minotaure, le labyrinthe, les cyclopes et autres sirènes maléfiques ont bel et bien existé, comme du temps où Spyros me racontait leurs prouesses.

Sans doute est-ce tout simplement parce que la mythologie grecque nous apprend encore aujourd'hui à nous connaître nous-mêmes, qu'elle nous offre à travers ses héros comme un reflet de notre condition humaine. Car les figures les plus modernes de l'héroïsme, celles qui ont envahi le cinéma, la télévision ou les bandes dessinées et

La victoire par la ruse

C'est grâce à une ruse d'Ulysse que les Grecs en effet purent s'introduire dans Troie assiégée. Le héros eut l'idée de faire construire un gigantesque cheval de bois, dans le flanc duquel se cachèrent les soldats. Les Grecs feignirent alors de se retirer, laissant le cheval abandonné aux portes de la ville. Curieux, les Troyens s'en emparèrent et le traînèrent jusqu'à l'intérieur de la ville. Les ennemis étaient dans la place...
Un « cheval de Troie » désigne depuis tout procédé qui permet de s'introduire dans le camp adverse sans éveiller la méfiance.

qui ont noms Daredevil, Terminator, Spiderman, Batman, Superman, etc., ne doivent pas nous tromper : les héros grecs n'ont rien du super-héros justicier, cape rouge et cheveux gominés, protégeant la veuve et l'orphelin, jouant les gendarmes du monde et luttant, toujours avec succès, contre les méchants.

Le monde n'est pas manichéen, les héros grecs non plus. Oublions tout ce que nous pensions savoir pour replonger dans la mythologie. Oublié Goldorak, « le héros que nul ne surpasse », « l'invincible robot des temps nouveaux » ; oublié

Les lauriers du vainqueur

Pourchassée par Apollon, la nymphe Daphné se transforma en laurier pour lui échapper. Dès lors, le laurier devint la plante consacrée au dieu de la musique et des arts, et l'on prit l'habitude de récompenser les vainqueurs des concours de chant et de poésie (appelés « lauréats » d'après la plante) d'une couronne de laurier.
« Se reposer sur ses lauriers » signifie « cesser tout effort après un succès pour s'en contenter ».

Albator, « bien plus fort que la mort ». Les héros de la mythologie grecque ne sont pas des êtres parfaits. Les Grecs les ont créés à leur image, et ils leur ressemblent, de corps, de cœur et d'esprit. Avec leurs qualités et leurs défauts. Ulysse et les autres sont irrémédiablement humains et subtilement divins.

Le plus humain, celui qui nous est le plus proche est certainement le héros de l'*Odyssée* dont l'image est porteuse de force tranquille et de patience. Ni muscles ni cris de guerre, c'est la tête qui guide ses actes de bravoure. Le cyclope, les sirènes, le cheval de Troie, ce n'est jamais par la force, mais toujours par la ruse qu'Ulysse se sort des situations les plus délicates. Même lorsqu'il parvient enfin à regagner Ithaque après tant de mésaventures, Ulysse n'est pas au bout de ses peines : des centaines de prétendants ont envahi son palais et lorgnent sur sa femme, sur son trône et ses richesses... Pour passer inaperçu et ne pas éveiller leurs soupçons, il se déguise en vagabond et les défie lors d'un concours de tir à l'arc dont le vainqueur doit obtenir la main de Pénélope (et sa fortune...). Et, devinez quoi ? Ulysse remporte le tournoi. Exit les prétendants. Fin de l'histoire. Les héros sont fatigués et le nôtre va pouvoir goûter à une retraite bien méritée et se reposer sur ses lauriers.

Ulysse fut en quelque sorte un héros « malgré lui », sans l'avoir choisi, contraint d'abord de partir à la guerre, puis voué à errer sur les mers pendant dix ans. Mais, au panthéon des gloires grecques, il existe un autre type de héros : le héros « de naissance ». C'est le cas notamment d'Achille ou d'Hercule (Héraklès, de son petit nom grec). Ces deux super-héros sont en effet le fruit d'une union entre un dieu et une mortelle (Hercule n'est rien moins que le fils de Zeus) ou entre une déesse et un mortel (la mère d'Achille est la déesse Thétis). Mortels, comme tous les êtres humains, ils possèdent en même temps des pouvoirs surnaturels, que leur ont légués les dieux. Être un super-héros chez les Grecs, c'est donc appartenir à une caste supérieure qui accepte sa double appartenance (comme certains doivent vivre aujourd'hui avec leur double nationalité, leur double culture).

Pas facile à assumer, d'abord parce que les histoires de nos personnages se terminent rarement bien. Même l'invincible Hercule meurt dans d'atroces souffrances. Car les demi-dieux ne vieillissent pas, ils quittent subitement le monde des mortels pour passer dans l'éternité, comme Achille, le fougueux guerrier de la guerre de Troie, qui méprise le danger mais meurt foudroyé sur le champ de bataille. Cela évoque ces figures contemporaines devenues images légendaires lorsque la mort les faucha en pleine gloire : Marilyn Monroe, James Dean, Che Guevara, Bob Marley, Jim Morrison... tous possèdent quelque chose de tragique qui les immortalise dans leur destinée.

Dans l'*Iliade* d'Homère, qui raconte la guerre de Troie, Achille sait d'emblée qu'il connaîtra une fin dramatique, mais c'est le sort qu'il s'est choisi. Il meurt pour venger Patrocle, son meilleur ami, tué par le Troyen Hector. Sa mère l'a pourtant prévenu : si Hector meurt, il mourra aussi, car c'est ce qu'ont décidé les dieux. Malgré tout, c'est sans hésiter qu'il choisit entre une existence longue et obscure et une vie courte et glorieuse. Tel est le prix à payer pour accomplir son destin de héros et rappeler que, dans la réalité, même les plus forts ont tous une faille. Car Achille, le demi-dieu, a bien une faille. Lorsqu'il était enfant, sa mère l'aimait tant qu'elle a voulu le rendre

« Aux grands hommes, la Patrie reconnaissante »

Cette devise qui orne le fronton du Panthéon, construit à Paris sous la Révolution pour abriter les dépouilles des grands serviteurs de la République, indique bien la fonction de ce monument, consacré à la mémoire des grands hommes.
Si aujourd'hui un « panthéon » est, au sens figuré, un groupe de personnages célèbres et glorieux, le mot (du grec pan, *« tout »,* et theos, *« dieu ») désignait dans l'Antiquité l'ensemble des dieux.*

immortel. Pour cela elle l'a trempé dans des eaux aux vertus magiques. Mais elle le tenait par le talon et, à cet endroit, le talisman n'a pas fait son effet. Transpercé au talon par une lance, Achille va donc mourir malgré sa réputation de guerrier exceptionnel. Et tous les hommes, toutes les femmes engagés dans des luttes justes auxquelles ils croient et pour lesquelles ils sont prêts à risquer gros, jusqu'à leur vie parfois, sont un peu, depuis lors, les enfants d'Achille.

Si Achille incarne le courage par devoir, Hercule, lui, ce serait plutôt le courage par expiation. Ses douze travaux sont passés à la postérité et

À propos du talon d'Achille

Comme le nez de Cléopâtre, le talon d'Achille n'a pas fini de faire parler de lui. C'est que, même si nous n'avons pas tous été trempés dans de la potion magique à la naissance, nous possédons tous notre « talon d'Achille ». L'expression est passée dans le langage courant pour désigner la petite faiblesse, qui malgré nos immenses qualités, peut finir par nous coûter très cher.
Quant au « tendon d'Achille », c'est le tendon qui se trouve à l'arrière de la cheville !

désignent dans le langage courant des actes difficiles qui nécessitent force et générosité. Hercule, pour se faire pardonner par les dieux d'avoir tué femme et enfants dans une crise de folie, doit servir son cousin ennemi Eurysthée, roi d'Argolide, pendant douze ans et se soumettre à toutes ses exigences en guise de pénitence. Eurysthée imagine alors une série de travaux, tous plus impossibles les uns que les autres. Pas de chance pour lui, Hercule les réussira tous.

Hercule est programmé pour aller toujours plus haut, jusqu'à l'élévation finale de son âme dans l'olympe des dieux. Quand il arrive quelque

L'Olympe, demeure des dieux

L'Olympe est un massif montagneux, haut de près de 3 000 mètres, qui s'élève au nord de la Grèce. D'un accès difficile, il était, aux yeux des Anciens, le lieu de séjour des douze principaux dieux de la mythologie.

Sans doute est-ce par analogie que l'un des plus célèbres music-halls de Paris, destiné à accueillir les « dieux » de la chanson, fut baptisé L'Olympia. *L'adjectif « olympien » ne veut pourtant pas dire « à la manière de Johnny ou de Gilbert Bécaud », mais désigne quelque chose de majestueux et de serein, conforme à l'idée que les Grecs se faisaient de leurs divinités. On dit par exemple « un calme olympien ». Enfin, suggérer gentiment à quelqu'un de « descendre de son Olympe » est une autre manière de l'inciter à cesser de faire le vaniteux pour se replonger dans le quotidien, banal et trivial...*

part il gagne, comme dans un jeu vidéo. À coups de massue, d'épée ou de hache, il tue ses ennemis parce qu'il a en quelque sorte été « dressé » pour cela. Hercule est à la fois guerrier et jouisseur, un héros sans états d'âme qui fait bouger les choses, même s'il doit faire quelques erreurs au passage. Mais qu'on ne s'y trompe pas : Hercule n'est pas

Les douze travaux d'Hercule

1. Le lion de Némée : *Un lion féroce dévastait la région de Némée. Comme il ne parvenait pas à le percer de ses flèches, Hercule dut l'étouffer à mains nues. Avec la peau de la bête, que rien ne pouvait entamer, il se fit ensuite une tunique protectrice.*

2. L'hydre de Lerne : *Il s'agissait d'un monstre à neuf têtes, à l'haleine pestilentielle. Dès que l'on coupait une de ses têtes, elle repoussait immédiatement. Hercule dut alors se faire aider de son neveu : celui-ci, dès qu'Hercule avait tranché une tête, brûlait la blessure à l'aide d'une torche pour éviter qu'elle ne repousse.*

C'est en mémoire de cette charmante bête qu'on désigne par « hydre » tout fléau qui se renouvelle perpétuellement malgré les efforts faits pour l'abattre.

3. Le sanglier d'Érymanthe : *Hercule avait pour mission de le capturer vivant, ce qu'il fit !*

4. La biche de Cérynie : *Elle avait des cornes d'or et des pieds d'airain, et la vitesse de sa course la rendait insaisissable. Hercule dut la poursuivre pendant un an avant de la capturer.*

5. Les oiseaux du lac Stymphale : *Ces oiseaux rapaces se nourrissaient de chair humaine et dévoraient les récoltes. Grâce à une paire de cymbales que lui a confiée Athéna, Hercule parvient à les effrayer puis à les tuer de ses flèches.*

6. Les écuries d'Augias : *Le roi Augias possédait de vastes écuries qu'il ne nettoyait jamais et où depuis des années s'entassaient des tonnes de fumier. Devant l'immensité de la tâche, Hercule eut l'idée de détourner de leurs lits deux fleuves dont les flots balayèrent sur leur passage toutes les immondices.*

On parle désormais de « nettoyer les écuries d'Augias » quand il s'agit d'employer les grands moyens pour faire le ménage là où règnent le désordre et la corruption.

7. Le taureau de Crète : *Il s'agit du fameux taureau que nous avons déjà rencontré aux prises avec Thésée. Hercule le captura alors qu'il était encore en liberté.*

8. Les chevaux de Diomède : *Ces chevaux de course se nourrissaient de chair humaine. Pour les apaiser, Hercule leur donna à manger leur propre maître, Diomède.*

*9. **La ceinture de la reine des Amazones** : Hercule, pour s'emparer de cette ceinture, cadeau du dieu Arès, dut tuer la reine des Amazones.*

*10. **Les bœufs de Géryon** : Ce roi africain faisait garder son troupeau par un dragon et un chien à deux têtes. Hercule pour s'emparer des bêtes accomplit un long et périlleux voyage jusqu'aux frontières du monde connu.*

*11. **Les pommes d'or du jardin des Hespérides** : La déesse Héra, qui les avait reçues en cadeau de mariage, les faisait garder par un dragon, dans un jardin magnifique où seul le géant Atlas, qui portait le ciel sur ses épaules, avait le droit de pénétrer. Hercule proposa alors au géant de soutenir le ciel à sa place le temps qu'il aille lui chercher les fruits.*

*12. **Cerbère** : Le dernier des travaux d'Hercule l'entraîne aux Enfers, où il est chargé d'aller capturer ce chien, féroce gardien du royaume des morts.*

qu'un rouleau compresseur, l'Arnold Schwarzenegger de l'Antiquité, qui fait table rase de tout ce qui se dresse devant lui. Des poètes comme Homère ou Pindare voient en lui l'un des grands constructeurs du monde civilisé ! Les douze travaux sont avant tout un parcours initiatique où chaque épreuve est une étape supplémentaire vers la connaissance. Hercule ressemble davantage à Tarzan, non pas à cause de sa peau de lion, mais parce qu'il rend service à son monde, il le civilise en le débarrassant de monstres appartenant à des époques dépassées. Tarzan est, de la même manière, l'ennemi des bêtes féroces et des cannibales. Comme Hercule, il se met « au service » de son univers, en l'occurrence la jungle.

Prométhée, un héros révolté

Prométhée est dans la mythologie grecque une magnifique et complexe figure de héros. Il est notamment célèbre pour avoir défié la puissance de Zeus. Comme celui-ci, en colère contre les hommes, les avait privés du feu, Prométhée se rend sur l'Olympe pour le dérober et le rapporter sur terre. La punition est terrible : Prométhée se retrouve enchaîné à une montagne tandis qu'un aigle vient chaque jour lui dévorer le foie, qui repousse sans cesse afin que ses souffrances soient éternelles.

Malgré la vengeance divine, Prométhée est assimilé, grâce à son acte héroïque, à l'un des fondateurs de l'humanité. Car, en défiant Zeus et en rapportant le feu sur terre, il offre aux hommes de quoi faire naître la civilisation. Il incarne donc les espoirs, les combats et les ambitions humaines, et son nom reste le symbole de la révolte contre la tyrannie des puissants.

Tout ce qui exalte la valeur de l'humanité, dans quelque domaine que ce soit (la science, les arts, le sport, etc.) est ainsi qualifié de « prométhéen ».

On a tous joué à Tarzan dans la cour d'école, en poussant son cri d'homme singe « aahaahaah ! », aucun de nous ne savait à l'époque qu'il contribuait à civiliser le monde.

À part Tarzan, parmi les super-héros de ma jeunesse figure en bonne place l'incroyable Hulk, ce curieux énergumène qui, à la moindre contrariété, se transformait malgré lui en monstre vert gonflé à bloc mais ne faisait jamais de mal aux gentils. Je crois que ce qui me fascinait chez lui, c'était moins ses exploits que l'air misérable qu'il avait, arpentant les rues de New York à demi nu, dans ses vêtements déchirés, quand le monstre s'était rendormi, tapi au fond de lui, et qu'il redevenait lui-même. Les héros sont nus. Cette vulnérabilité me touchait. Hulk le monstre vert, toujours coiffé en pétard, n'avait pas cherché cette encombrante célébrité, il avait presque honte de son état. Posséder des pouvoirs surnaturels était dans son cas un calvaire.

Voilà les héros qui m'intéressent, ceux qui n'ont rien demandé (qui ressemblent aux héros grecs de la trempe d'Ulysse, en fait), êtres à la fois fragiles et puissants, à la fois mortels et divins. Êtres qui s'adaptent, sans jamais se plaindre. Ceux qui posent pour la postérité ou pour la photo ne m'inspirent pas vraiment. Les jusqu'au-boutistes va-t-en guerre, ça n'a jamais été ma camelote et, par les temps qui courent, on le voit bien, les guerres font plus de victimes que de héros. Les millions de personnes qui descendent manifester aux quatre coins de la planète pour la paix ne croient plus aux super-héros, ni aux superpuissances.

Pour moi, les héros d'aujourd'hui sont des gens de tous les jours. Mes héros du réel vivent autour de nous. Mon voisin de palier qui distribue des couvertures pour les SDF du canal Saint-Martin ; le pompier de la caserne d'en face qui vient me vendre son calendrier une fois par an et auquel j'adresse en hommage les paroles de l'historien grec Thucydide, qui m'évoquent le courage incroyable des pompiers et de tous les sauveteurs : « Sans force d'âme, tout métier reste dénué de force en face du péril : la frayeur met la mémoire en déroute et le métier sans énergie ne sert à rien » ; le jeune maître nageur de la plage de nos vacances à Lefkada ; l'aide-soignante de l'hôpital Saint-Louis avec qui je prends mon café le matin *Chez Prune* ; le gamin qui un jour refuse de se faire racketter devant son bahut et qui dit « non » même s'il sait qu'il peut se prendre un coup de couteau ; les 68 journalistes tués en 2002 pour leurs opinions ou dans l'exercice de leur profession ; mon pote pakistanais qui vend des marrons chauds par – 4 degrés devant la gare de l'Est pour nourrir sa famille avec autre chose que des marrons ; cette charmante femme, toujours digne, qui déplie son fauteuil roulant sur le parking de la Maison de la Radio devant la portière ouverte de sa voiture ; le Chypriote grec qui s'est pris une balle dans le cou parce qu'il voulait descendre un drapeau qui n'était pas le sien dans un *no man's land* qui fut jadis sa terre ; les gars qui distribuent des soupes populaires à ceux qui n'ont rien à se mettre sous la dent place de la République, sous une affiche publicitaire de saumon norvégien en promotion. Nourrir les autres, un acte de bravoure.

Au XIXe siècle, les Missolonghites avaient faim aussi. Ils en étaient réduits à manger des rats pour survivre. Dans cette petite ville du cœur de la Grèce, près de dix ans de siège les avaient asphyxiés, affaiblis. La famine les avait rendus fous mais ils ne jetaient pas l'éponge. Ils auraient pu se rendre à l'occupant turc et accepter de finir leur vie comme les générations précédentes, sous le joug. Mais la moindre parcelle de leur corps se révoltait à cette idée d'abandon. C'était devenu une affaire de principe, un rêve de môme : être libre un jour. Des étrangers étaient venus des quatre coins d'Europe pour défendre leur cause, le poète Lord Byron en faisait partie, il laissa ses os dans la cité encerclée. Le valeureux guerrier Markos Botzaris, qui est devenu aujourd'hui une station de métro à Paris, fut mortellement blessé là-bas. Jusqu'au bout, bien que seuls au monde et humiliés, les habitants de Missolonghi ont gardé l'honneur intact.

C'était hier, il y a à peine cent quatre-vingts ans. « L'exploit pour l'exploit est inutile, c'est le courage de l'âme qui donne un sens à l'exploit et à l'épreuve », me disait Spyros lorsque nous passions devant les remparts du parc des Héros et que je lui demandais comment on devenait un héros. Les Missolonghites n'étaient pas plus braves que d'autres, ils étaient juste assez fous pour faire un bras d'honneur à la fatalité et à la facilité. Aujourd'hui encore, chaque année avant la semaine sainte de Pâques, le fameux samedi de Lazare, les habitants de Missolonghi rendent hommage à leurs héros. Dans la pénombre du parc, entre silence et psalmodie, le petit vent parfumé du soir se mélange aux encens et aux larmes des jeunes filles. Chaque année le même frisson dans le dos. La liberté ou la mort. *Eleftheria i Thanatos.*

AIMER

Je suis né pour partager l'amour et non la haine.

Sophocle.

POUR LES YEUX D'HÉLÈNE

ou Comment les femmes grecques
mènent le monde

L'avenir de l'homme est la femme.
Elle est la couleur de son âme.

Aragon.

La belle Hélène n'est pas une poire. Elle est la pomme de discorde par excellence. Celle pour qui les Grecs partent en guerre. La guerre de Troie, qui dura dix ans, a bien eu lieu à cause d'une femme éternellement jeune et belle... mais infidèle. Le Grec Ménélas, roi de Sparte, est le mari cocu, le beau Pâris prince de Troie, l'amant qui croque la belle. Une expédition militaire est mise sur pied pour ramener l'épouse volée au bercail. Comment une guerre peut-elle être déclenchée pour un motif aussi frivole ? Tout ce tohu-bohu pour une femme ? Dans ce conflit, il n'y a pas d'inspecteurs de l'Onu à la recherche d'armes nucléaires. C'est une guerre pour l'orgueil et pour l'honneur. Pâris doit payer, Hélène doit rentrer. Et tous les clans grecs se sont ralliés à la cause de Ménélas. C'est écrit dans l'*Iliade*. Relisez un peu Homère, ça fait toujours du bien.

La pomme de discorde

La pomme est décidément un fruit dont il faut se méfier.
Pour l'avoir croquée, Adam et Ève furent chassés du paradis.
Chez les Grecs, c'est encore une pomme qui est à l'origine de la guerre de Troie. Lors d'un banquet, trois déesses de l'Olympe, Héra, Athéna et Aphrodite, participaient à un concours de beauté dont le prix était une pomme d'or, la fameuse « pomme de discorde ». C'est Pâris qui doit arbitrer le conflit. Chacune des candidates tente alors de le soudoyer en lui offrant des cadeaux prestigieux : Héra lui offre la royauté universelle, Athéna la victoire au combat, et Aphrodite l'amour de la plus belle femme du monde.
Pâris, qui connaît le prix des choses, choisit Aphrodite.

Hélène, c'est la femme dans toute sa splendeur. Abandonnant son mari, pour suivre son amant, le Troyen Pâris, elle est bien consciente que son écart de conduite fait souffrir tout le monde, elle s'en accuse sans mâcher ses mots : « moi, face de chienne ». Pour autant, les Troyens ne l'en blâment pas, elle est si belle que tout lui est pardonné. Elle aurait été moche, son histoire n'aurait pas fait un demi-chapitre, il n'y aurait pas eu de guerre non plus.

Mais si la guerre a duré si longtemps, ce n'est pas uniquement de la faute de la pauvre Hélène, mais parce que, du haut de leur Olympe, les dieux n'ont pas pu s'empêcher de s'en mêler. Les dieux et les déesses. Celles-ci ont toujours leur mot à

L'Olympe, royaume de la parité

Bien avant nous, les Anciens Grecs respectaient la parité... Parmi les douze dieux majeurs de l'Olympe, six en effet étaient... des déesses :

Aphrodite *(Vénus chez les Latins), la déesse de l'amour et de la beauté.*

Artémis *(Diane), la déesse de la chasteté et de la chasse.*

Athéna *(Minerve), la déesse de la guerre et de la sagesse.*

Déméter *(Cérès), la déesse de la nature et de la fécondité.*

Héra *(Junon), la protectrice du mariage et des femmes mariées.*

Hestia *(Vesta), la déesse du feu et du foyer domestique.*

dire et peuvent être d'une cruauté implacable si on les contrarie. Bilan des forces en présence : du côté troyen, Aphrodite, qui forcément défend Pâris, son protégé, et Artémis, qui a un vieux compte à régler avec le Grec Agamemnon, frère de Ménélas ; du côté grec, Athéna et Héra, qui n'ont pas vraiment pardonné à Pâris de leur avoir préféré leur consœur... Et les voici qui, en coulisse, mènent la danse, ou plutôt les combats, donnant ici ou là un coup de pouce à leurs guerriers favoris.

Cela s'est de tout temps passé comme ça. Chez les Grecs, la femme est porteuse d'une puissance discrète mais incontournable. Dès l'époque où l'idée démocratique naît en Grèce, au ve siècle avant Jésus-Christ, les femmes, bien qu'elles ne votent pas et ne participent pas à la vie politique, s'occupent de l'économie, des affaires de la maison (*oiko nomikon*) et de toutes les questions financières liées à la gestion du quotidien. Les dictons populaires grecs qui puisent encore leur inspiration dans la mythologie ne s'y trompent pas. Ma tante Eleftheria (dont le prénom signifie « Liberté ») a coutume de s'exclamer à propos du pouvoir des femmes : « La chatte peut faire déplacer un bateau », comprenez « L'amour ne craint pas les tempêtes » ou encore « Une femme est vraiment capable de tout », ce qui peut aussi se dire « Toutes les mêmes ! », l'explication de ce dicton variant selon l'humeur du jour.

D'une manière ou d'une autre, dans les sociétés méditerranéennes où l'homme prend un malin plaisir à rouler des mécaniques et à s'affirmer avec

Fées ou sorcières

La mythologie n'est pas avare de figures féminines. Certaines sont fort avenantes, parées de toutes les qualités ; d'autres au contraire sont l'incarnation du mal.

Des figures bienveillantes : les Muses, les Grâces

Les Muses sont neuf déesses sœurs, filles de Zeus et de Mnémosyne, la déesse de la mémoire. Ce sont elles qui donnent l'inspiration aux poètes et aux musiciens.

Quant aux Grâces, ce sont trois déesses qui incarnent le charme et la beauté. Leur nom grec, Charites, a donné le terme « charisme », qui désigne la séduction puissante exercée par un individu sur son entourage.

Des créatures malveillantes : Les Gorgones, les Érinyes

Les Gorgones sont trois sœurs monstrueuses. Elles ont la tête hérissée de serpents, des dents de sanglier et le cou écailleux. Quiconque contemple leur visage est instantanément transformé en pierre. La plus célèbre d'entre elles est Méduse. De son nom dérive le verbe « méduser », qui signifie « frapper de stupeur ».

Les Érinyes sont les trois déesses de la Vengeance et du Châtiment. Elles rendent folles leurs victimes en les persécutant. L'une d'entre elles, Mégère, a donné son nom aujourd'hui à une femme méchante et acariâtre.

un certain machisme comme celui qui porte tout sur ses épaules, la femme est bien plus forte qu'elle n'en a l'air. Ma tante Eleftheria (toujours la même) laisse entendre que, lorsqu'elle décide de quelque chose, elle s'arrange toujours pour que son mari pense qu'il est à l'origine de cette décision. De l'art de pratiquer la manipulation avec habileté. Tandis que l'homme joue à l'homme, la femme en douce fait tourner la machine. On en a vu récemment un échantillon dans cette comédie américaine bien sentie de Nia Vardalos, intitulée *Mariage à la grecque*. Les femmes, qui y sont présentées dans l'univers et le folklore de la cuisine où une kyrielle de gamins mangent et crient sans arrêt, gèrent en fait en sous-main toutes les décisions capitales. Faites à manger à votre jules et laissez-le croire qu'il est le maître du monde ! (dixit encore ma tante Eleftheria, qui est à elle seule un condensé de sagesse populaire).

Depuis le début du siècle, dans le petit village de Pétra, dans la région de Macédoine, les habitants célèbrent tous les 8 mars la journée de la Femme à leur façon. Ce jour-là, aucune femme du village ne reste à la maison. Elles s'habillent comme des hommes, se dessinent des moustaches et des fausses barbes, puis descendent dans les rues. Elles passent la journée à boire des coups au café, à draguer les minettes, à jouer aux cartes et à tuer le temps dans la paresse la plus totale. Leurs maris, eux, restent, une fois n'est pas coutume, à la maison. Habillés en femmes ils s'occupent des tâches ménagères : faire à manger aux enfants, nettoyer les sols et les vitres, étendre le linge, repasser, bref, le quotidien routinier de leurs pauvres dames ! Et gare à ceux qui ne respectent pas la tradition : les épouses à barbe et à moustaches poursuivent les maris récalcitrants dans tout le village. J'ai assisté à cette fête surréaliste, tout droit sortie d'une comédie antique d'Aristophane, sans plus savoir si c'était le monde à l'envers ou finalement le monde à l'endroit. Les femmes dans la peau des mecs ne faisaient pas de quartier, elles punissaient les époux rebelles sur la place publique, à coups de gourdin en plastique et de seau d'eau vidé en pleine figure, s'il le fallait. Mais, le soir venu, maris et femmes faisaient la paix en musique autour d'un banquet géant pour célébrer leur vie de couple. Réconciliation et amour jusqu'au petit matin.

C'est ainsi, en sillonnant l'arrière-pays, que j'en ai plus appris sur la condition féminine des Grecques que dans tous les ouvrages spécialisés que j'ai consultés lorsque j'ai commencé à rédiger cet ouvrage. Je me suis souvenu aussi de nos grandes réunions de famille au village de mon père, à Stamna. Les hommes s'affalaient à l'ombre des vignes plantées par mon arrière-grand-père sur un nombre incalculable de chaises paillées (s'asseoir à la grecque lorsqu'on est un homme nécessite trois chaises, une chaise pour s'asseoir, une autre devant pour poser le pied sur le barreau et une dernière sur le côté pour le coude, question d'équilibre...). Ils parlaient haut et fort de choses qu'ils prétendaient essentielles, sans prêter la moindre attention aux femmes. Celles-ci, rassemblées dans l'énorme cuisine, planifiaient à voix basse des stratégies pour la journée, le mois et l'année à venir. Les murs épais étaient frais, tapissés de gousses d'ail et d'origan, les grosses marmites en cuivre cabossées brillaient dans la pénombre, des jarres de vin et d'huile d'olive étaient posées à même le sol et il y avait toujours de la poussière de farine sur la table. Au centre de cette cuisine, son antre, ma grand-mère Maria Bakodimou se tenait debout, fière et silencieuse. Celle qui, pendant l'occupation allemande, avait osé prendre à partie, au péril de sa vie, un nazi qui voulait brûler sa maison au lance-flammes, décidait de tout. D'un hochement de tête, elle donnait son accord ou refusait.

C'est dans l'univers secret de ces femmes de la campagne que j'ai découvert le vrai sens du pouvoir. Nulle nécessité d'afficher sa supériorité sur le devant pour montrer sa force, ceux qui décident le font tranquillement, sans avoir à l'affirmer publiquement. Le vrai pouvoir ne se voit pas. Dans l'ombre, ces bouts de femmes géraient leur petit monde avec une poigne de fer et un moral indéfectibles. Bien sûr les femmes en noir se sont fondues dans l'ombre du souvenir, les fichus ont laissé place aux foulards Dior et Hermès, les murs ont été repeints, les tapis et les meubles changés, mais le regard de Maria Bakodimou (épouse de mon grand-père paternel Nikos Aliagas) s'est immortalisé sur une grande photo en noir et blanc. Ma grand-mère Maria m'observe attentivement dès que je pose mes valises à Stamna (elle ressemble à ma sœur en plus âgée). Dans ce regard volé au temps par un photographe anonyme, son pouvoir silencieux de femme libre et exigeante semble veiller sur moi et me protéger.

Ma mère fait également partie de ces femmes avec qui il vaut mieux éviter de se fâcher. Du haut de son mètre cinquante-cinq, Haroula n'a jamais eu peur de rien. À dix-huit ans, jeune maman, elle écrivait comme si de rien n'était au vice-président des États-Unis de l'époque, Mr. Agnew (Spiro Agnew était lui-même fils de Grecs émigrés en Amérique), pour lui demander du travail. L'employé de la poste de la rue du Louvre l'écouta, sarcastique, prononcer l'adresse du destinataire, la « Maisone Blansse », avec son accent à couper la feta. Quelques semaines plus tard, ce même employé la regardait ébahi lorsqu'elle vint chercher comme si de rien n'était la lettre recommandée que lui renvoyait personnellement le vice-président américain avec une proposition de boulot. Sans doute le destin de notre famille aurait-il pu basculer à ce moment-là de l'autre côté de l'Atlantique, mais ma mère, malgré sa fierté d'avoir obtenu la réponse qu'elle attendait, choisit de ne pas quitter l'Europe, de ne pas s'arracher à ses racines.

C'est la même Haroula qui, un 25 mars à Paris, journée de fête nationale grecque, m'oblige à prendre le métro habillé en Evzone (soldat grec à la jupette blanche plissée, aux collants blancs et aux chaussures à pompons noirs) pour aller défiler avec l'école grecque sous l'Arc de Triomphe. Officiellement mon père ne pouvait pas nous accompagner ce matin-là parce qu'il avait du travail, officieusement (je l'ai appris plus tard) il fallait que je me décomplexe en assumant ma double appartenance culturelle, ma spécificité de Grec de France et de Français de Grèce. J'ai vécu ma première psychanalyse de groupe dans le métro. Ma mère souriait malicieusement, les voyageurs, interloqués, me lançaient des regards amusés, souvent moqueurs, d'autres quittaient précipitamment le wagon comme si je faisais partie d'une secte. J'avais quinze ans, ma voix muait, je venais de découvrir la crème Clearasil contre les boutons et, ce matin-là, sur la ligne 9 direction Pont-de-Sèvres, je cherchais un trou pour me cacher.

Avec un peu de recul, cette balade impromptue en costume traditionnel dans les rues de Paris m'a fait énormément de bien. J'ai appris à ignorer le regard des autres, à aspirer à être moi-même dans toutes les situations, que ce soit lors d'un entretien d'embauche ou en direct sur un plateau de télé. Être tout simplement moi-même. Ce n'est pas chose facile. C'est une femme qui m'a montré le chemin, en me donnant presque un coup de pied aux fesses. Ma mère.

La femme grecque ne se pose pas de questions quand il faut agir, l'Histoire l'a prouvé plus d'une fois. Au XIXe siècle, un demi-siècle après la Révolution française, alors que les Grecs se révoltent (dans ce même costume que je portais sous l'Arc de Triomphe) contre les Turcs après quatre siècles d'occupation, de nombreuses filles de bonne famille choisirent de renoncer au confort et aux certitudes bourgeoises pour se rallier aux insurgés. Bouboulina et Mando Mavrogenous, deux icônes de la révolution grecque, vendent leurs biens et montent au front, armes au poing, pour défendre un idéal, comme le feront pendant la Seconde Guerre mondiale les résistantes françaises qui gagnèrent le maquis. Comme s'engagent aujourd'hui aussi ces femmes « ni putes ni soumises » à qui je veux rendre hommage et qui ont décidé de briser la loi du silence et de se battre pour vivre libres dans leurs cités. Bouboulina et les autres, ces amazones de 1821, ont choisi le sacrifice plutôt que la compromission. Chaque fois que je passe en voiture devant les gorges de Zalongo, j'éteins la radio. Par respect. Les femmes de Souli, poursuivies dans les montagnes par des hordes de mercenaires en furie

La tribu des Amazones

Femmes guerrières et chasseresses, descendantes d'Arès, dieu de la guerre, les Amazones refusaient l'autorité des hommes qu'elles ne toléraient parmi elles que comme esclaves ou comme géniteurs !
Lorsqu'un enfant mâle naît, elles le tuent ou le réduisent en esclavage. Quant aux filles, les Amazones, selon la légende, leur coupaient le sein droit afin de leur permettre de mieux pratiquer le tir à l'arc...
Les « amazones » modernes sont beaucoup moins redoutables... Elles désignent tantôt d'excellentes cavalières, tantôt des femmes d'un tempérament guerrier ou combatif.

ont préféré se jeter du haut de la falaise avec leurs enfants dans une dernière danse funèbre, plutôt que d'être vendues comme esclaves. Je les entends encore chanter avant de tomber dans le vide, « *Sti steria den zei to psari, oute anthos stin amoudia* » (Le poisson ne vit pas sur terre, ni la fleur sur le rivage). Le corps se brise sur les rochers mais l'âme s'élève.

Ces femmes sont de la même trempe qu'Antigone. Insolentes face à la mort, insolentes et belles jusqu'à la fin, mais libres. Antigone a été condamnée à mort parce qu'elle ne pouvait aller contre

Antigone ou l'honneur au féminin

Fille d'Œdipe, Antigone est la sœur d'Étéocle et Polynice. Les deux frères en guerre l'un contre l'autre s'entretuèrent. Leur oncle, le roi Créon, interdit alors que l'on enterre dignement Polynice, car c'était lui l'agresseur. Cet ordre est contraire aux commandements divins qui exigent que chaque mort ait une digne sépulture. Seule Antigone osa alors enfreindre la loi édictée par Créon, ce qu'elle paya de sa mort.
C'est en souvenir de cette héroïne tragique qu'on appelle aujourd'hui une « Antigone » une jeune femme qui se révolte contre les compromis, les lois et les morales de circonstances.

sa conscience, elle a préféré accomplir les rites funéraires pour son frère mort et faire respecter les lois non écrites de la sépulture, malgré l'interdiction du roi Créon. Dans la tragédie de Sophocle, Antigone s'élève contre la médiocrité des hommes, contre l'absurdité des choses décidées par les hommes, elle meurt par objection de conscience.

C'est ma prof de littérature, Mme Garifalia Kalamboki (son nom signifie « maïs » et son prénom « œillet » !) et l'archimandrite Dionyssios qui m'ont fait découvrir la richesse du grec ancien et la tragédie de Sophocle, à l'école grecque de Châtenay-Malabry où mes parents m'avaient inscrit pour approfondir la langue. Le soir, nous regagnions le foyer de la petite voie des Vignes où nous étions pensionnaires, pour faire nos devoirs du collège français et attaquer ensuite le cours de

Le premier marathon

En 490 avant Jésus-Christ, un messager parcourut en courant une quarantaine de kilomètres pour se rendre à Athènes annoncer la victoire des Grecs sur les Perses à Marathon. Ayant atteint son but, il mourut d'épuisement.
Ce n'est dieu merci pas le cas des sportifs qui participent aujourd'hui à ces courses à pied qui s'effectuent sur un parcours de 42,195 km.
Ce n'est pas le cas non plus de ceux, moins sportifs, pour qui un « marathon » est tout simplement le fait d'avoir à accomplir en un temps restreint une folle quantité de choses...

grec moderne. Un vrai marathon ! Mes potes s'appelaient Léonidas, Épaminondas, Miltiadis, Odysseas, Théodoros, Papdo. Les filles répondaient aux doux noms de Sofia, Hélène, Antigone, Electre. Avec leurs prénoms d'héroïnes, elles incarnaient à mes yeux l'insouciance légère de l'adolescence, des batailles de polochons au milieu de la nuit, des colins-maillards au parc de Sceaux, le premier baiser volé à Sofia derrière la maison de Chateaubriand. Mes plus belles années.

Mes petites camarades ont grandi. Ce sont elles les femmes grecques d'aujourd'hui. Ces femmes que l'on croise dans les rues d'Athènes, coquettes, habillées à la mode, sexy. Un rien fatales avec leur regard à la Irène Papas, le profil droit de leurs ancêtres. Les jeunes femmes grecques d'aujourd'hui écoutent Mariah Carey et dansent sur du David Guetta, roulent en Renault décapotable à quatre heures du matin sur la grande avenue Poséidon qui longe la mer. Debout sur la table, en mini-jupe ou en pantalon moulant, ces tigresses jettent des fleurs aux hommes qu'elles trouvent mignons dans les boîtes où chantent les stars populaires comme Sakis, Plutarque, Vandi ou Remos. Quelques heures plus tard, les voilà au bureau, métamorphosées en Hellènes bon chic bon genre, concentrées sur leur dossier, un café frappé avec du lait et quatre sucrettes posé près d'un ordinateur portable dernier cri. Mieux vaut ne pas avoir de doutes lorsque vous sortez avec une Grecque. Je peux en témoigner. De leurs ancêtres au fichu noir, ces jeunes femmes ont hérité d'une force de caractère détonante et d'un sens de l'adaptation étonnant.

Mais surtout, la femme grecque est une passionnée. La plus passionnée de toutes, j'ai eu la chance de la rencontrer quelques semaines avant sa mort, en décembre 1993. Melina Mercouri, alors ministre de la Culture, me recevait dans sa maison sur les hauteurs du Lycabette, une des collines d'Athènes, pour une interview télévisée destinée à Euronews. Nonchalamment assise sur un canapé bleu blanc aux couleurs de la mer Égée, Melina dissimulait derrière son large sourire et sa tignasse de lionne la douleur de la maladie. Sous le maquillage je devinais les nuits blanches. « Moteur, ça tourne », me signale Jean-Luc mon cameraman. Cinq, quatre, trois, deux, un. Melina Mercouri n'a plus d'âge. Son regard de femme qui n'a jamais cédé au chantage et à la peur me provoque. Il faut poser les bonnes questions, être juste, aller au charbon. Elle me parle « des marbres du Parthénon que les Anglais ont volés à la Grèce », de son « ami de toujours, Jack Lang », des guerres, de la paix, de son dernier projet « Archipelagos » qui veut mettre en valeur l'héritage culturel des îles de la mer Égée, de ses années d'exil « passées à Paris ou ailleurs », de l'amour de sa vie, le cinéaste américain Jules Dassin, de « l'apprentissage du grec ancien et de la culture classique qui devrait se faire dès l'école primaire avec amusement »... Melina lutte jusqu'au bout. Sans jamais se plaindre, elle me donne une leçon de vie. C'est la dernière interview qu'elle accorde à une chaîne de télévision étrangère. Ni elle ni moi ne le savons. À la fin de l'entretien, elle me prend dans ses bras, en soupirant un long « *Agori mou efxaristo !* » (Merci, mon garçon !) Melina ministre, Melina député, chanteuse, actrice, exilée, déchue de sa nationalité par les dictateurs, Melina, l'égérie des *Enfants du Pirée*, portait en elle une parcelle d'âme de toutes les Grecques dont je viens de vous parler. Pour ensoleiller mes journées, je me réveille souvent en musique avec la chanson que lui avaient écrite Joe Dassin et Pierre Delanoé en 1971, *Je suis grecque !*

Si tu aimes
Les aubaines
Les problèmes
Les échecs
Prends le risque
Et viens vite
Je t'invite
Je suis grecque
Je vais te tirer les cartes
Et dans ta vie je vois
Des voyages des nuages
Des orages avec moi
Des voyages des nuages
Des orages avec moi

Chez moi là-bas au bord de l'eau
On joue toute la nuit
Chez moi des hommes jeunes et beaux
Parfois parient leurs vies...

Il existe une femme sans laquelle je ne peux concevoir la suite. Cette compagne libre et insolente comme Antigone, belle et coquine comme Hélène, un peu plus grande que ma mère, passionnée comme Melina, corsée comme Bouboulina, polyglotte comme les présentatrices de l'Eurovision, intelligente et discrète comme ma grand-mère Maria Bakodimou, cordon-bleu à l'huile d'olive tout droit tombé du ciel pour compléter l'autre moitié de mon puzzle, envoûtante comme l'Aphrodite de Milo avec les bras en plus pour me toucher, capricieuse et entêtée comme une licorne, énervante quand elle change mes tableaux de place, celle qui m'appelle « *Niko mou* » depuis la nuit des temps et qui se réveille à l'aube à mes côtés. La paix de mes entrailles.

ORPHÉE ET EURYDICE

ou Comment aimer l'autre pour se retrouver soi-même

La mesure de l'amour, c'est d'aimer sans mesure.

Saint Augustin.

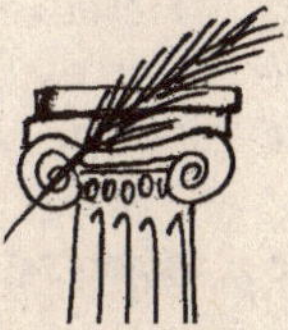

Chez les Grecs, l'amour est un sport national. Si elle n'est pas une discipline olympique, la quête de l'amour fait partie des priorités viscérales des Hellènes. Tout est prétexte à aimer. Une vie sans amour n'a pas lieu d'être. « *Zoi horis agapi ti na ti kano ?* » (Que m'importe une vie sans amour ?) chante la belle Haris Alexiou d'une voix suave et sensuelle. Aujourd'hui encore le célibataire endurci qui affirme ne pas être concerné par ces choses-là est presque considéré comme suspect, aussi bien chez les filles que chez les garçons.

Dans l'Antiquité la personne seule est un être imparfait, incomplet. L'amour nécessite du courage, de la folie et de l'aliénation. Difficile d'allier simultanément ces trois sentiments sans faire de fausses notes. Un musicien exceptionnel a pourtant presque réussi. Il est le poète immortel devant l'absolu, l'esprit qui a su maîtriser les mots, l'amant le plus attentionné de la terre, l'homme

Hélène, la belle Hellène...

... ce qui pourrait aussi bien se dire « Hélène, la belle Grecque ». Car un seul L peut faire toute la différence !

Les Hellènes *sont l'autre terme par lequel on désigne les Grecs. Il tire son origine du personnage d'Hellèn. Ce roi des premiers temps de l'histoire des hommes telle que la raconte la mythologie est considéré comme l'ancêtre du peuple grec.*

Du même nom dérive l'adjectif « hellénique », toujours synonyme de « grec ».

qui n'a pas eu peur d'affronter les Enfers. Mais il a suffi d'une seconde pour tout foutre en l'air. Si je ne devais retenir qu'une histoire d'amour dans la mythologie grecque, ce serait certainement la sienne, l'amour d'Orphée pour Eurydice. Si fragile, comme toutes les choses rares.

Orphée est un bel homme qui possède de surcroît le talent de charmer et d'envoûter toute personne, animal ou chose, qui se présente sur son chemin. Orphée est un aède de la région de Thrace qui chante ses propres poèmes, une sorte de troubadour virtuose de la cithare et de la lyre, à la fois auteur, compositeur mais aussi poètemusicien. Quand il chante le temps s'arrête, les fleurs poussent sur son passage, les branches se penchent pour mieux l'entendre, les montagnes se séparent pour le laisser suivre sa route. Or un jour, Orphée rencontre une charmante jeune femme nommée Eurydice. Leur amour est instantané. Mais le jour de leur mariage, la pauvre Eurydice est piquée par un serpent et sa morsure lui est fatale. Orphée est inconsolable, sa douleur profonde. Le poète chante son désespoir mais personne ne peut l'aider. L'univers compatit mais cela ne change rien. C'est alors qu'il choisit de prendre les choses en main. Refusant la fatalité, il décide de se rendre dans l'autre monde, dans les abîmes des Enfers, pour ramener sa femme. Le voyage est long, périlleux, et peu d'êtres sont revenus entiers de l'antre de la terre où il vaut mieux ne pas s'aventurer vivant. Armé de sa lyre et de son amour profond pour Eurydice, Orphée suit donc courageusement le sentier sinueux qui le mène aux portes des Enfers. Là, Cerbère, l'impitoyable bête qui monte la garde à l'entrée du royaume des morts, est totalement envoûté par l'aède et lui cède le passage. Toutes les créatures de ce triste monde sont subjuguées par le chant cosmique d'Orphée ; même les plus célèbres figures des Enfers oublient leur supplice au passage du poète. C'est jour férié pour tous. On assiste presque à un miracle : le rocher que pousse Sisyphe jusqu'au sommet d'une colline ne roule plus et la faim éternelle qui dévore Tantale

Visite aux Enfers

Les Enfers constituent dans la mythologie grecque un véritable monde parallèle.
C'est le lieu de séjour des morts, séparé en deux régions distinctes : les Champs Élysées *peuplés par les âmes des justes et le* Tartare, *où échouent les criminels.*
Le royaume des morts est séparé du monde des vivants par des fleuves effrayants que l'on franchit sur la barque du passeur Charon.
Sur les Enfers règnent Hadès et Perséphone. Hadès est le frère de Zeus et de Poséidon. À eux trois, ils se sont partagé l'univers : le ciel et la terre pour Zeus, les mers pour Poséidon et le monde souterrain pour Hadès.

depuis la nuit des temps ne se manifeste plus... Orphée, par miracle, est parvenu à changer le cours des choses.

Le voici donc devant Hadès et Perséphone, qui l'écoutent avec attention. La cause est noble, le roi et la reine des Enfers sont convaincus. C'est une première, car aucune parole mortelle n'est jamais parvenue à les émouvoir. Ils autorisent donc le poète à repartir avec sa femme dans le monde des vivants, mais à une condition : Orphée

Cerbère, gardien des Enfers

Cerbère est un chien monstrueux doté de trois têtes, d'une queue de serpent et dont l'échine est hérissée de têtes de vipères. Il terrifie les âmes qui entrent au royaume des morts et empêche quiconque d'en ressortir.

En souvenir de cet animal peu engageant, un « cerbère » désigne dans le langage courant un concierge ou un gardien pas vraiment sympathique...

devra reprendre tranquillement le chemin du retour, l'ombre d'Eurydice sur ses talons. Arrivée chez les humains, la jeune femme retrouvera son corps et sa joie. Petite précision supplémentaire qui a toute son importance : Orphée n'aura le droit de se retourner pour regarder sa femme qu'une fois hors des Enfers. C'est si simple qu'Orphée accepte sans hésiter et se met en route. Son cœur bat la chamade. Dans un instant il pourra enfin poser ses lèvres sur les tempes sucrées de sa bien-aimée, caresser ses cheveux, la serrer dans ses bras, lui faire l'amour. La sortie n'est plus très loin, il sent la présence d'Eurydice derrière lui, mais ne l'entend pas. « C'est un peu étrange, se dit-il. Et si toute cette histoire n'était qu'illusion ? »

Le top 50 des suppliciés

Certains de nos héros ont plutôt mal terminé... Condamnés à croupir au Tartare, ils se sont vu infliger des supplices sans fin et plutôt désagréables.

Tantale : *meurtrier de son fils qu'il avait servi en ragoût aux dieux pour les narguer, il fut condamné à une faim et une soif éternelles qu'il ne pouvait assouvir, alors qu'à portée de sa main se trouvaient de l'eau et de la nourriture.*

Le « supplice de Tantale » désigne aujourd'hui le fait d'avoir sous les yeux telle ou telle chose que l'on convoite et dont on ne peut s'emparer.

Ixion : *puni par Zeus pour un crime qu'il avait commis, il était attaché à une roue enflammée qui ne cessait de tourner.*

Les Danaïdes : *meurtrières de leurs époux, les quarante filles du roi Danaos furent condamnées à remplir éternellement d'eau un tonneau sans fond.*

C'est en leur mémoire qu'un « tonneau des Danaïdes » désigne aujourd'hui un travail sans fin, une tâche qu'il faut sans cesse recommencer.

Sisyphe : *ce malheureux qui avait inventé toutes sortes de ruses pour échapper aux Enfers fut puni et obligé de pousser jour après jour jusqu'au sommet d'une montagne un énorme rocher qui, sitôt arrivé au sommet, dégringolait jusqu'en bas, l'obligeant à recommencer.*

Accomplir « un travail de Sisyphe »... c'est donc comme vouloir remplir le tonneau des Danaïdes !

Et si Hadès et sa femme l'avaient roulé pour mieux se débarrasser de lui ? Orphée aperçoit le bout du tunnel, la lumière du jour l'éblouit. Il est presque arrivé, la délivrance est proche, mais il est fatigué, le cauchemar qu'il vient de vivre l'a exténué. Le doute le titille. N'y tenant plus, il se retourne d'un coup pour prendre sa femme et rentrer à la maison ! Une seconde trop tôt, hélas ! Il aura à peine le temps d'apercevoir la belle Eurydice. Sa silhouette sera violemment happée dans les ténèbres d'Hadès, cette fois-ci pour l'éternité. Certains disent qu'elle aurait juste murmuré « adieu ! ». Tout est fini.

Cette histoire est celle qui m'émeut le plus. C'est la violence de l'instant qui me frappe, la seconde où l'on atteint le point de non-retour et où tout bascule. Un instant de doute, d'inattention, de faiblesse, et l'amour part en fumée plus vite qu'il n'est arrivé. Aujourd'hui encore philosophes et exégètes se penchent sur le cas d'Orphée pour tenter d'expliquer sa symbolique. Il y a mille et une façons de lire et d'expliquer un mythe. Chacun peut choisir son interprétation. Pour ma part, je retiens surtout le sentiment de fragilité qui ressort de cette histoire. Cet amour tellement beau qui se brise dans un souffle, cet amour si précieux et si fragile nous rend moins vaniteux. L'effroyable pensée selon laquelle il suffit d'une connerie, d'une fraction de seconde, pour tout perdre en amour m'oblige chaque jour à espérer dire un jour à mes futurs enfants : *Tin mana sas tin agapo akoma*, j'aime toujours votre mère.

Pourtant, quoi qu'en disent les Rita Mitsouko, toutes les histoires d'amour ne finissent pas mal en général. En voici la preuve avec l'histoire d'Europe. Avant d'être un vieux continent et de devenir une puissante entité politique et économique avec un drapeau, un parlement et près de 380 millions d'habitants, Europe n'était qu'une petite princesse phénicienne innocente qui batifolait au bord de l'eau avec ses copines. Ça n'a pas duré longtemps. La beauté insaisissable de la fille d'Agénor, roi de Tyr, ne laissait personne insensible. Mortels et dieux tournaient autour d'Europe jusqu'au jour où un splendide et puissant taureau blanc apparut sur le rivage. Europe et ses copines découvrirent la noble bête avec émerveillement. Elle paraissait si douce que la petite, tombée sous le charme, ne put s'empêcher de lui monter dessus. Petite imprudente, on ne chevauche jamais un taureau qu'on ne connaît pas ! Dès qu'Europe fut sur son dos, la bête fonça droit dans la mer et nagea pendant de longues heures jusqu'en Crète, à la grande stupeur de la jeune fille qui n'avait pas encore réalisé qu'elle venait de se faire enlever par un taureau. Au terme de cette petite croisière, Europe et le taureau blanc, qui n'était autre que Zeus, le maître de l'Olympe, métamorphosé

Les métamorphoses de Zeus

Les conquêtes féminines de Zeus sont innombrables, qu'il s'agisse de déesses ou de mortelles. Pour approcher ces dernières, il lui fallait souvent se métamorphoser et déployer des trésors d'imagination.
Pour s'unir à Léda, il se changea en cygne.
Pour atteindre Danaé, enfermée par son père dans une tour, il se transforma en pluie d'or et s'introduisit auprès de la jeune fille par une fente du toit.
Pour entrer dans le lit de la vertueuse Alcmène, il prit les traits de son mari, Amphitryon.
Zeus aima même un garçon, Ganymède, et se métamorphosa en aigle pour l'enlever et le ramener avec lui sur l'Olympe.

pour mieux approcher sa proie, s'unirent contre un arbre (le mythe parle d'un énorme platane).

C'est donc une histoire d'amour peu commune qui se cache derrière l'origine de notre identité. Européens, euros, europhiles, euroflippés, euronews, eurosceptiques, eurobaromètre, eurobest, euromedia, eurostar, la racine de notre appellation est intrinsèquement liée au plaisir charnel d'une jeune femme nommée Europe. Qui s'en souvient ? Qui s'en préoccupe ? Je pense souvent à elle quand, à l'aéroport, je fais la queue au contrôle des passeports dans un pays non européen. Lorsque le douanier me demande si je suis européen, je réponds « oui » fièrement, mais il ignore que, dans ma tête, je rends secrètement hommage à Zeus et à Europe en train de faire crac boum hue contre un platane !

« Auprès de mon arbre, je vivais heureux », chantait l'ami Brassens... Arrêtons-nous un instant, au chapitre de l'amour, à l'ombre de ces arbres pour y voir de plus près, et laissez-moi vous confier en passant une vieille histoire familiale. Faire l'amour sous, sur, adossé, accroché ou contre un arbre ne s'improvise pas. Il s'agit d'un art majeur en voie de perdition, une vieille tradition dont seul mon grand-père Spyros me parlait. Pour les autres c'était un sujet tabou, abracadabrantesque ! L'arbre donne de l'énergie, il insuffle la fougue et la puissance. Tout dépend de l'arbre bien évidemment. Évitez les troncs rêches qui peuvent blesser ou le figuier qui porte malheur ; le saule pleureur n'est pas conseillé non plus, car il pompe trop d'énergie ; quant aux pins, ils attirent la foudre par temps d'orage. Non, selon Spyros, qui possédait à mon sens un doctorat en la matière, car il était agriculteur, le prince des arbres reste l'olivier. L'arbre sacré de la sage déesse Athéna, symbole de paix, de fécondité et de purification.

L'olivier est en Grèce un arbre sacré

La légende raconte qu'alors qu'Athéna et Poséidon se disputaient la possession d'Athènes, ils voulurent chacun faire un cadeau à la cité. Tandis que Poséidon faisait surgir du sol une source d'eau saumâtre, Athéna planta sur l'Acropole le premier olivier. C'est ce présent que choisirent les habitants qui, en hommage à la déesse, baptisèrent leur ville Athènes.

On raconte aussi qu'à Olympie Héraclès, fondateur des jeux olympiques, planta son bâton dans le sol et que celui-ci se transforma en un grand olivier dont le héros tressa les branches en couronne pour honorer les vainqueurs, faisant ainsi de l'olivier un symbole de puissance, de force et de victoire.

Sans doute est-ce pour cela que la torche olympique des prochains jeux olympiques d'Athènes, en 2004, représente une feuille d'olivier, et que l'emblème de ces jeux sera une couronne faite d'une branche d'olivier.

N'avez-vous jamais ressenti une étrange sérénité dans une oliveraie ? Cet arbre fruitier millénaire qui nourrit l'humanité sans bruit et qui résiste aux conditions climatiques les plus extrêmes offre également protection et refuge aux amoureux. « Celui qui n'a jamais donné du plaisir à l'ombre d'un olivier ne sait rien de l'amour », me suggéra

Spyros entre deux phrases à moitié incompréhensibles, un après-midi de novembre où il m'initiait à la cueillette des olives. J'imagine aujourd'hui que mon jeune âge le gênait et l'empêcha de m'en dire plus... Ce n'est que quelques années plus tard que j'ai appris par une indiscrétion de ma tante Eleftheria (encore elle !) que je devais avoir été conçu en août sous un olivier ! Cela explique peut-être mon goût immodéré pour les peintres grecs contemporains, comme Bokoros et Xenos, qui dessinent des oliviers, des lampes à huile, des olives, des couronnes et des rameaux d'olivier. Cela explique probablement aussi ce sentiment de grâce et de force qui s'est emparé de moi, les trois fois où j'ai eu l'honneur de baptiser un enfant dans une église orthodoxe. Au moment précis où j'enduisais d'huile d'olive bénite et protectrice les corps d'Emno, de Manos et d'Alexandre, nous n'étions plus qu'un devant Dieu. Que je le veuille ou non (j'ai un peu de mal à imaginer mes parents sous l'olivier...), je suis le fruit d'un amour consommé sous l'arbre sacré de mes ancêtres.

Éros est décidément passé par là. Non, non, pas Eros Ramazzoti, l'autre, le vrai, le premier Éros de l'humanité, le dieu du désir amoureux, de l'attirance sexuelle, de l'attraction sentimentale dont parle si justement Jacques Lacarrière dans son *Dictionnaire amoureux de la Grèce* : « Quand les astres et luminaires se rencontrent et parfois même s'éclipsent dans le ciel, c'est Éros ! Quand la sève monte au cœur des arbres au début du printemps, c'est Éros ! Quand deux êtres se rencontrent et s'étreignent, pour une heure ou pour toute la vie, c'est toujours Éros ! Comme l'existence serait triste sans lui ! On peut à la rigueur ne pas monter au ciel comme le fit Icare, mais on ne peut vivre pleinement sans Éros. »

Éros vient guider nos cœurs, réveiller nos sens. Le philosophe grec Platon le décrit dans *Le Banquet*, l'une de ses œuvres les plus connues, comme un chasseur redoutable qui ne cesse de tramer des ruses, un joueur invétéré à l'origine des imbroglios amoureux les plus insolites, mais qui se révèle en définitive un dieu guérisseur, bienfaiteur de l'humanité. Cela mérite, n'est-ce pas, que l'on s'invite à notre tour à ce fameux « banquet » où l'on ne parle que d'amour. Le sujet est en effet pour le philosophe des plus graves et des plus sérieux, mais aussi des plus palpitants. C'est ainsi qu'à tour de rôle, chaque convive donne sa définition de l'amour. Pour Socrate, l'acte amoureux permet de s'élever en plusieurs étapes de la beauté des corps (« j'aime tes fesses... »), à celle des âmes (« ... et ta conversation »), jusqu'à la découverte de la beauté et du bien absolu. Éros est un intermédiaire entre les dieux et les hommes qui permet à ces derniers d'assouvir leur désir d'immortalité. Les hommes et les femmes s'unissent et de leurs amours naissent parfois des enfants, qui perpétuent à l'infini l'espèce humaine. Mais

À propos de l'amour platonique

On désigne aujourd'hui sous le nom d' « amour platonique » une forme d'amour qui se nourrit uniquement de sentiments purs et s'épanouit en dehors de toute relation charnelle ou sexuelle.
Si Platon a donné son nom à cette forme d'amour c'est en référence à sa conception de l'amour comme quête d'un idéal. Pour le philosophe, l'amour physique n'est que la première étape – la moins importante – dans la quête de cet idéal qui doit nous élever, au-delà des apparences, vers la beauté des âmes et jusqu'à la Beauté éternelle et absolue.

avant d'en arriver aux biberons et aux couches-culottes, pas de panique ! Cette quête d'idéal que l'on nomme amour est avant tout la quête du partenaire idéal, de son autre moitié. Observez bien les amoureux, ils se ressemblent. Ma grand-mère Maria Bakodimou n'avait jamais lu Platon mais elle parlait de cette quête nécessaire pour arriver à épouser son autre moitié, son double complémentaire (pas le numéro complémentaire du loto, même si pour elle le bonheur en amour était une question de loterie chanceuse, *tyhéro lahio*). Maria se vantait d'avoir épousé son mari par amour, un véritable exploit au début du siècle dernier où grand nombre de mariages de la campagne étaient arrangés. Leur mariage eut lieu devant l'église de Saint Nikolaos sur la place du village de Stamna. Les musiciens n'étaient pas arrivés à temps pour le festin qui suivit la messe, et les jeunes mariés ont dû improviser. C'était un mois de juin. Stamna embaumait la myrrhe, et les femmes avaient préparé une potion à base de sauge sacrée pour que la première nuit du couple soit fertile (dans l'Antiquité on utilisait la sauge pour protéger la vie et contribuer à la reproduire). Nikos et Maria s'enlacèrent devant leurs familles, burent ensemble une gorgée de vin sucré, puis s'élancèrent en chantant dans une danse circulaire qui dura toute une vie. Les témoins qui avaient assisté à la scène ont parlé d'un inoubliable *kalamatiano* (c'est le nom de cette danse rituelle du Péloponnèse) où leurs visages illuminés par l'amour ne faisaient qu'un. Une seule et unique expression.

Platon l'avait écrit il y a près de deux mille cinq cents ans : « l'amour [...] s'efforce de fondre deux êtres en un seul, et de guérir la nature humaine. [...] Notre espèce ne saurait être heureuse qu'à une condition, c'est de réaliser son désir amoureux, de rencontrer chacun l'être qui est notre moitié ».

Puisque l'on a parlé d'amour, laissez-moi vous raconter pour terminer l'histoire mythique de ce

Une nymphe trop bavarde

Écho, avant de s'éprendre de Narcisse, était réputée pour son bavardage. Grâce à son incessante conversation, elle s'efforçait notamment de divertir Héra, la femme de Zeus, pour que celle-ci ne découvre pas les infidélités de son divin mari. Mais Héra finit par s'en apercevoir. Furieuse, elle condamna Écho à ne plus jamais parler la première et à ne pouvoir que répéter les derniers mots qu'elle aurait entendus.

Voilà pourquoi la nymphe a donné son nom au phénomène naturel de répétition des sons. Je pense à cette pauvre nymphe, chaque fois que ma voix résonne.

malheureux jeune homme, trop confiant en lui-même, qui mourut de n'avoir pas voulu trouver sa moitié. Ce personnage s'appelait Narcisse. D'une beauté redoutable, il suscitait chez tous ceux qui le rencontraient, garçons ou filles, une attirance immédiate, une passion foudroyante. Rien n'y faisait pourtant, jamais il ne prêtait la moindre attention à ces cœurs qu'il avait enflammés. Sans doute jugeait-il qu'ils n'en valaient pas la peine, qu'ils n'étaient pas assez bien pour lui. C'est comme ça qu'il ne jeta pas même un œil sur Écho, la jolie nymphe des bois. Victime de la maladie d'amour, elle s'étiola et maigrit jusqu'à ce que ne reste plus d'elle que sa voix plaintive. Dans un sursaut de révolte cependant, l'une des victimes du dédain de Narcisse s'écria un jour : « Qu'à son tour il aime quelqu'un qu'il ne pourra jamais posséder. » Némésis, la déesse de la Vengeance, exauça cette prière : un jour que Narcisse revenait de la chasse, il s'arrêta près d'une source pour apaiser sa soif. Il se pencha et rencontra dans l'eau son reflet. Saisi devant sa propre beauté, il chercha en vain à saisir cette image. Mais, chaque fois que ses mains touchaient l'onde, l'image se brouillait et disparaissait. Narcisse, amoureux de lui-même sans le savoir, en mourut de désespoir. Il fut changé en fleur, le narcisse, symbole chez les Anciens de la mort prématurée.

EXTASE ET INFIDÉLITÉS SUR L'OLYMPE

ou Comment le sexe est aussi un chemin
vers la sagesse

Par l'érotisme, nous voulons obscurément sortir de nos limites, aller au-delà de nous-mêmes.

Georges Bataille.

Ne me dites pas que vous n'attendiez pas ce moment, je ne vous croirai pas. Il est temps en effet d'aborder maintenant les choses sérieuses, et le sexe, pour ne pas le nommer. Parlons-en donc sans tabou. Je vais m'efforcer d'évoquer la chose, sans tomber dans la caricature ou la provocation à deux drachmes.

On l'a vu, les jeux de l'amour et du hasard régissent le quotidien des anciens Grecs et, à côté des ébats amoureux de l'Antiquité, il faut bien admettre que *Les Liaisons dangereuses* de Choderlos de Laclos, *Basic Instinct* ou quelques chansons un peu « hot » de Gainsbourg font plutôt pâle figure. D'où vient l'érotisme selon vous ? D'Éros bien sûr, le dieu de l'Amour, dont je vous ai parlé tout à l'heure et dont le nom signifie plus exactement « désir sensuel ».

L'amour est une distraction dont les Grecs, hommes et dieux, raffolent. À deux, en groupe, entre hommes, entre femmes, entre homme et femme, il y en a pour tout le monde et pour tous les goûts. D'ailleurs, personne n'y trouve rien à redire, car chacun vit sa sexualité sans complexe et au grand jour. Dans la mythologie tout est dédramatisé, on s'amuse, on pleure, on rit. Zeus, le roi des dieux, donne l'exemple en premier, et l'on ne compte plus ses maîtresses ni ses enfants illégitimes. Dans ces conditions, son épouse Héra (la déesse du mariage et accessoirement la femme la plus cocue de l'Olympe) s'énerve parfois un peu et il lui arrive de se venger implacablement sur les conquêtes et la progéniture de son divin mari, dès que celui-ci a le dos tourné. Dallas, ton univers impitoyable...

La mythologie ne mâche pas ses mots. Ses images peuvent être à la fois poétiques, épiques, triviales, salaces, mais jamais gratuites. Lorsqu'on raconte aux plus jeunes comment Kronos coupa les testicules de son père Ouranos (le dieu du ciel, qui avait enfermé ses enfants par peur de les voir un jour prendre son trône), on est clairement dans le domaine de la psychanalyse : le fils tue le père. D'autant plus qu'un jour Kronos sera à son tour détrôné par l'un de ses fils. Vous avez dit atavisme ? Quoi qu'il en soit, les parties génitales de ce pauvre Ouranos tombèrent dans la mer

Les jeux de l'amour : d'Aphrodite à Vénus

Nommé d'après Aphrodite, un « aphrodisiaque » est une substance censée faire naître le désir sexuel. Certains prêtent ainsi des vertus aphrodisiaques aux pointes d'asperge, à la viande d'autruche, au ginseng, à la corne de rhinocéros et au sperme de cerf...
Chez les Latins, Aphrodite est devenue Vénus. Elle a donné son nom au « mont de Vénus », qui désigne le triangle ombré qui recouvre le pubis féminin.
Mais attention ! si l'on n'est guère prudent, les jeux de l'amour provoquent parfois des maladies « vénériennes » (en d'autres termes, sexuellement transmissibles), adjectif dérivé du latin veneris, *« de Vénus ». (Dieu merci, nous avons un joker que ne possédaient pas les Grecs de l'Antiquité : le préservatif. Sortez couverts !)*

(près de Chypre). De leur écume, naquit la déesse de la beauté, de l'amour et de la fertilité, Aphrodite (la maman d'Éros, qui est à l'origine d'une multitude de parties de jambes en l'air et de philtres aphrodisiaques, ancêtres du viagra). Quant aux gouttes de sang de la blessure qui tombèrent sur la terre, l'éminent helléniste Jean-Pierre Vernant nous explique dans son ouvrage sur les mythes, *L'Univers, les Dieux, les Hommes*, qu'elles sont à l'origine des maux du monde : « Du sang de la blessure d'Ouranos naissent les Érinyes, les divinités de la vengeance qui représentent la haine, le souvenir et la mémoire de la faute [...] mais aussi les Géants et les Méliades. Trois types de personnages qui incarnent la violence, le châtiment, le combat, la guerre et le massacre. » La castration d'Ouranos est donc bien plus importante pour le destin de l'humanité qu'elle n'en a l'air au premier abord.

Mais que devient la belle Aphrodite ? Comme Zeus, la déesse de l'amour n'est pas un modèle de fidélité. Son mari, Héphaïstos, le dieu du feu, est en effet le dieu le plus laid de l'Olympe ! On dit souvent que l'amour est aveugle, n'est-ce pas ? Héphaïstos est donc laid, il boite, est couvert de suie et a les mains sales à force de travailler dans les forges de l'Olympe. Rien de très glamour pour garder à la maison la femme la plus belle du cosmos. Du coup, Aphrodite s'autorise quelques aventures extraconjugales. Elle va sortir avec Arès (le dieu de la guerre) avec lequel elle a Éros et une fille, la jolie Harmonie, puis se jeter dans les bras d'Hermès (avant d'avoir pignon sur rue derrière le Crillon, Hermès fut le dieu grec du voyage), avec lequel elle concevra Hermaphrodite. Dionysos, quant à lui, lui donnera Priape, une divinité de petite taille certes, mais au phallus monstrueusement disproportionné, le Rocco Siffredi de l'époque, en somme. On peut encore

Homme et femme à la fois...

Alors qu'Hermaphrodite, dont le nom est un hommage à ses parents (Hermès + Aphrodite), se baignait un jour dans les eaux d'un lac, une nymphe s'éprend de lui et le prend dans ses bras. Éperdue d'amour, elle supplie les dieux qu'ils ne soient jamais séparés. Elle est exaucée, et ils ne formeront désormais qu'un seul être.

Dans notre langue, un « hermaphrodite » désigne ainsi une créature dotée des caractéristiques des deux sexes (comme l'escargot, par exemple).

tomber sur des statues de ce petit dieu dans certaines campagnes grecques où l'on cultive la vigne. Ces nains de jardin sans bonnet tiennent une serpette dans une main, et leur zézette dans l'autre ; ils sont censés éloigner les mauvais esprits et les curieux des plantations. Mais il faut bien dire qu'aujourd'hui l'une des principales vocations de Priape est surtout d'amuser les touristes. Parmi les cartes postales que vous trouvez à Athènes dans le quartier de Plaka ou à l'aéroport de Spata, il figure en bonne place, son gigantesque phallus insolemment dressé. Ces cartes, croyez-moi, se vendent aussi bien que celles qui représentent la tour Eiffel à Paris. À chacun son œuvre d'art, la

La maladie de Priape

À cause de son membre viril démesuré, Priape, le dieu rustique de la fécondité, gardien des jardins, a donné son nom à une maladie, le « priapisme », qui consiste à souffrir de fortes érections prolongées, souvent douloureuses.

tour Eiffel comme notre petit dieu converge vers le haut... Attention toutefois à ne pas vous tromper d'enveloppe lorsque vous envoyez une carte postale souvenir de Grèce. Ça fait toujours un peu désordre d'envoyer la photo d'un satyre en érection à son patron ou à sa prof d'anglais !

Pour en revenir à Dionysos, l'heureux papa du jeune Priape, il avait de quoi séduire une jeune déesse qui s'ennuyait chez elle. Il est le dieu du vin et de l'ivresse, protecteur des vignes. En son honneur, on organise des fêtes rituelles. Ces fêtes, nommées bacchanales, ont beau être des fêtes religieuses, l'ambiance n'y est pas vraiment recueillie ni « coincée ». Lors de ces cérémonies rituelles en effet, les différences entre les hommes et les

Les Bacchanales

Le terme de bacchanales *vient de l'autre nom de Dionysos, Bacchos, qui en latin a donné Bacchus. Ces fêtes rituelles qui s'exportèrent à Rome donnèrent lieu à de telles scènes de débauche qu'elles finirent par être interdites.*
Le souvenir qu'elles ont laissé est tel que « bacchanale » est aujourd'hui synonyme d'orgie.

femmes, entre les humains et les bêtes, entre les divinités et les mortels étaient mises de côté ; tous s'unissaient enivrés et nus dans un paroxysme libérateur. Un méga bizutage en quelque sorte, où l'on buvait jusqu'à l'aube en faisant l'amour, sous la protection de masques anonymes. En version contemporaine, cela donne les orgies sulfureuses mises en scène par Stanley Kubrick dans *Eyes Wide Shut*.

Dionysos est dans la mythologie grecque un dieu un peu à part. Il est celui qui a donné aux hommes le breuvage qui chasse les soucis (le vin) et leur offre la libération. Il permet, dans ses bacchanales, que s'exprime le désordre que la cité ne peut tolérer par ailleurs. Comme les carnavals d'aujourd'hui, les bacchanales sont un moment hors du temps où toutes les règles sociales habituelles sont abolies, où tout est permis. Quand la fête est finie et que l'on s'est assez défoulé, tout rentre dans l'ordre. La vie normale reprend son cours. Et Dionysos rentre chez lui, à la tête de son cortège composé d'étranges créatures. Il y a là en effet les Bacchantes, genre folles hystériques qui se baladent la poitrine à l'air en dansant et en chantant ; puis viennent les Satyres, vrais démons avec une figure et un torse d'homme mais de petites cornes, des oreilles pointues, une longue queue et des pieds de bouc. Véritables obsédés sexuels, ils ont donné leur nom aux vilains messieurs d'aujourd'hui qui abordent les jeunes filles dans la rue pour leur faire des propositions lubriques : à fuir à tout prix !

Dionysos, dieu de l'Extase, est devenu au XXIe siècle le dieu protecteur des groupes de rock. Aujourd'hui en effet il n'est plus représenté sur des coupes et des vases en céramique. Aujourd'hui il fait la couverture des *Inrockuptibles* et s'affiche en grand sur les kiosques à journaux. Dionysos est un groupe de pop rock français né à Valence en 1993. Dionysos c'est des pop-songs acidulées, des guitares grinçantes, des acrobaties poétiques, des arrangements baroques et une énergie rock tout court. On n'est pas très loin du dieu grec, et le journaliste du magazine rock ne s'y trompe pas : « À un concert de Dionysos – spectacle conseillé –, personne ne vous obligera jamais à taper dans vos mains, à boire de la bière dans un gobelet en plastique ou à crier "rock'n roll !". C'est toutes seules que vos jambes se mettront à faire de drôles de pirouettes pour suivre celles du chanteur, pendant qu'un sourire béat viendra se poser sur votre figure. Mais pour la bière, il faut voir : dans la mythologie, il est dit que les adorateurs de Dionysos, qui apporte la joie et libère des soucis, entrent en contact avec leur divinité au moyen de l'ivresse. Et qu'importe le flacon. »

Ces histoires de coucheries divines et de bacchanales humaines témoignent de la place occupée par le sexe dans l'imaginaire antique. Elles montrent aussi qu'il s'agit d'une affaire essentielle, drôle et sérieuse en même temps. Pour mieux comprendre l'état d'esprit des Anciens, il faut relire *Le Banquet* de Platon, dont je vous ai déjà parlé à propos de l'amour (pour le commun des mortels le sexe et l'amour ont un vague rapport, non ?). Les convives n'en finissent pas de disserter sur l'amour, son pourquoi et son comment. L'un d'entre eux explique d'où vient l'amour, de quelle manière il est né :

À l'origine, les premiers hommes ne ressemblaient pas à ce qu'ils sont aujourd'hui. Ils étaient tout ronds, constitués d'une seule tête mais de deux visages, de quatre jambes, quatre bras et deux sexes. Autre différence, ils étaient de trois sortes : les homme-homme, dotés de deux sexes masculins, les femme-femme, dotés de deux sexes de femme et les homme-femme (un sexe d'homme et un sexe de femme). Cette dernière espèce était l'espèce androgyne. Forcément deux fois plus puissants que nous ne le sommes désor-

Un peu d'étymologie

Dans notre langue le mot « androgyne » s'emploie à propos d'une personne qui possède certains caractères sexuels de l'autre sexe.
Dire par exemple d'un individu qu'il possède un physique androgyne signifie qu'il ressemble aussi bien à une femme qu'à un homme.
L'origine du mot est simple : en grec andros *signifie « mâle »* et gûne *(gyne) signifie « femelle ».*

Devinette : sachant que *misein* qui en grec signifie « haïr » a donné en français le préfixe miso-, pouvez-vous dire ce que signifie « misogyne » ? (C'est un vilain défaut...)

mais, ces hommes voulurent prendre le pouvoir aux dieux et conquérir l'Olympe. Zeus décida alors de leur jouer un sale tour. Il les coupa en deux et créa ainsi l'espèce humaine telle que nous la connaissons. Il fit également naître l'amour, recherche nostalgique de notre ancienne nature, quête de notre moitié disparue.

Et le sexe dans tout ça ? Eh bien, le mythe platonicien des trois espèces originelles explique pourquoi certains hommes préfèrent coucher avec des hommes – ce sont les hommes dont l'autre moitié était un homme –, pourquoi certaines femmes préfèrent les femmes et pourquoi les autres ne fréquentent que le sexe opposé. Je vous l'avais dit, il y en a pour tous les goûts ! À ceci près que Platon défend l'homosexualité comme l'une des formes les plus nobles de l'amour : « Ceux qui proviennent de la division d'un pur mâle, ceux-là chassent le mâle [...] et ce sont les meilleurs, parce qu'ils sont les plus mâles de nature [...]. On a tort de les dire impudiques ; ce n'est pas l'impudeur qui les meut mais la hardiesse, le courage, la crânerie virile, dans la recherche de ce qui leur ressemble, et en voici une bonne preuve : au terme de leur développement, ils sont les seuls à s'occuper de politique ; à l'âge viril, ils aiment les garçons, et s'ils songent à se marier, à faire des enfants, ce n'est pas spontanément, mais sous la contrainte de l'usage ; leurs goûts les portent plutôt à vivre entre eux, et sans

L'amour au féminin

Sapho est née vers 650 av. J-C à Mytilène, dans l'île de Lesbos.
Elle est la première femme poète de l'humanité. Sa renommée vient aussi de son statut de femme libre, exceptionnel à l'époque.
C'est à partir des poèmes dédiés aux jeunes filles avec lesquelles elle vivait et qu'elle initiait au chant, à la poésie et à la danse, que s'est développée la légende des amours homosexuelles de Sapho.
Sapho a donné, dans notre vocabulaire, le « saphisme », terme désignant l'homosexualité féminine. Son île natale, Lesbos, est à l'origine du mot « lesbienne ».

mariage. » Que les « chiennes de garde » me pardonnent, je ne fais que citer un vénérable philosophe mort depuis des siècles...

Pour être très honnête avec vous, jusqu'à la lecture de ces textes philosophiques je ne comprenais pas pourquoi, lorsque je parlais de mes origines à l'école, ou plus tard à la fac, on se moquait de moi avec cette célèbre blague : « Va te faire voir chez les Grecs ! » Les Grecs d'aujourd'hui ignorent que les autres Européens se moquent d'eux en évoquant la sexualité de leurs ancêtres. Les plaisanteries, sur la savonnette qu'il ne faut jamais ramasser à Mykonos ou encore sur les chèvres qu'on ne présente jamais à son mari lorsqu'on est une femme, leur sont inconnues. C'est généralement la petite remarque qui froisse, le petit malaise au moment du dessert entre le baklava et le café grec (le café turc, c'est chez nos amis d'en face, même si c'est le même), l'histoire qui ne fera rire que celui qui la raconte à la fin du repas.

Ce que je sais de la sexualité de mes compatriotes est un peu différent. En bons Méditerranéens, les « mâles » grecs d'aujourd'hui s'accrochent davantage à l'idée qu'il faut séduire les femmes à tout prix. Mes cousins Dimos, Valandis et Miltos furent pendant longtemps des *kamakis* portés sur la Scandinave blonde en mal d'amour. Les kamakis (mot qui en grec signifie « harpon ») sont les *greek lovers* à la peau bronzée, la chaîne en or bien en évidence sur le torse velu, ces spécialistes du clin d'œil mielleux qui passent leurs journées aux terrasses des cafés à observer la proie qu'ils iront « harponner » le soir même, en boîte de nuit. Donner du plaisir aux jeunes femmes, prendre aussi son pied et ne jamais tomber amoureux, c'est la règle d'or du kamaki. Au début des années 90 à Rhodes, des touristes blondes à forte poitrine étaient descendues dans la rue pour manifester contre la grève des kamakis, qui avaient été pris de panique en pleine crise du sida. Quoi qu'il en soit, mes trois cousins avaient beau frimer en comparant leur palmarès à la fin de l'été, j'ai toujours décelé au fond d'eux une pointe d'amertume, un semblant de solitude et d'ennui que Valandis a perdu le jour où il s'est marié et a trouvé sa moitié. Quant aux jolies touristes, elles repartaient généreusement satisfaites mais totalement amnésiques, comme si elles quittaient le pays des Lotophages après avoir croqué dans le

Les Lotophages

Lors de son voyage de retour vers Ithaque, Ulysse accoste un jour sur une île inconnue. Cette île est peuplée par les Lotophages, qui se nourrissent de fleurs de lotus. Cette plante qui rend infiniment heureux fait perdre la mémoire.
D'après certains spécialistes de l'œuvre d'Homère, l'île des Lotophages serait l'île tunisienne de Djerba, où nombre de touristes vont aujourd'hui oublier leurs soucis...

fruit qui fait tout oublier. L'écrivain grec qui en parle le mieux est Vassili Vassilikos (l'auteur du roman dont a été tiré Z, le célèbre film de Costa-Gavras) dans un livre intitulé *Les Lotophages*. Lisez-le, vous saurez tout sur les kamakis.

Les filles grecques ne lésinent pas non plus sur la chose. La vie nocturne athénienne est riche en histoires coquines. Pour de telles histoires, les ingrédients sont simples et, là-bas, on les a sous la

Les Nymphes

La mythologie grecque est peuplée de délicieuses créatures appelées Nymphes. *Ces jeunes divinités sont les filles de Zeus. Elles personnifient la fécondité et la vitalité de la nature. Pour le plus grand plaisir des yeux, elles hantent, à demi nues, les campagnes et les bois.*

De quoi faire fantasmer les hommes qui se sont inspirés de leur nom pour désigner dans le langage courant une femme dont le désir sexuel est insatiable comme une « nymphomane ».

main : la mer, cette chaleur qui vous oblige à dormir nu, le soleil matinal revivifiant. Toutes ces invitations au plaisir font partie du quotidien des Grecs depuis la nuit des temps, avec en prime, époque oblige, le préservatif qui sauve. « Le plaisir avant toute chose », telle est la phrase qui évoque sans doute le mieux ce que sont les jeux de l'amour chez les Grecs. Un plaisir qu'il ne faut pas confondre avec celui dont certains proxénètes en tout genre ont fait un business. Non, il s'agit d'un plaisir qui fait du bien au corps et à l'âme, un plaisir qui, comme le dit encore Platon, est une quête de la beauté sous toutes ses formes.

Qu'importe alors de savoir si les Grecs sont plus ou moins homosexuels que les autres peuples européens. Franchement je ne sais pas. Les Grecs de Mykonos ne sont pas plus gays que ceux qui habitent dans le Marais à Paris, pas plus que ceux qui manifestent en string sur un char rose lors de la Gay Pride de Berlin, pas plus que ceux qui se marient devant le maire aux Pays-Bas, pas plus que ces deux filles pacsées qui marchent main dans la main le long du canal Saint-Martin et qui s'embrassent devant tout le monde. Est-il bien raisonnable de vouloir à tout prix coller des étiquettes sur le dos des gens ? Dans son ouvrage intitulé *Pour tout l'amour des hommes*, Michel Larivière explique que les Grecs de l'Antiquité refusaient les étiquettes : « À l'âge d'or, les Grecs ignoraient la perversion. On ne peut dire qu'ils avaient de la complaisance pour l'homosexualité. La question du choix entre deux sexes ne se posait pas, car ils ne pouvaient concevoir la différence, le clivage entre hétéro et homosexualité, puisque la sexualité n'était pas jugée en fonction du sexe du partenaire, mais seulement de l'attrait exercé par la beauté, de l'appétit pour un corps quel que soit son sexe. Les Grecs étaient inconsciemment bisexuels, sans en avoir défini le concept. »

La morale de l'histoire n'est-elle pas que chacun est libre de vivre pleinement sa sexualité comme il le souhaite et quelle que soit sa nationalité ? Homo, hétéro, bi ou ce que vous voudrez, tout est question de dignité et de respect de l'autre. L'enseignement des philosophes est à mon sens la tolérance, autrement dit « il y a de la place pour tout le monde ». Quel que soit le compagnon ou la compagne avec qui vous décidez de faire un bout de chemin, votez bonheur. En toute simplicité. Sans complexe, sans honte, sans douleur. Amour courtois, amusant et coquin, ça a toujours été mon dada. Le reste n'est que bruit.

LA FÊTE DE SAINTE-AGATHE

ou Comment la danse soigne les âmes

La parole agit d'abord sur l'intellect,
de là seulement sur la sensibilité,
et vu la longueur du chemin,
il arrive qu'elle ne parvienne pas à son but.
La danse, au contraire, atteint immédiatement au cœur,
elle est la seule langue universelle qui soit partout comprise.

Nietzsche.

J'attaque ce chapitre sur la fête en écoutant les *Gymnopédies* d'Erik Satie. Il est vrai que ce n'est pas ce qu'il y a de plus entraînant pour danser, mais j'aime leur humeur, j'aime qu'il se soit inspiré d'une antique danse guerrière originaire de Sparte pour baptiser ses mélodies. En quatre notes, Satie le mystérieux s'installe chez vous aussi naturellement que le rayon de soleil qui caresse l'angle de la bibliothèque en chêne de mon appartement. De mes ancêtres grecs, j'ai hérité ce bien commun à tous les peuples de la Méditerranée : l'art de donner du temps au temps, le goût de passer son temps à simplement profiter de chaque instant, de ces moments faits de petits riens. J'aime les nuits blanches à Montmartre qui finissent rue Lepic, dans le célèbre café d'Amélie Poulain ; j'aime aussi

L'or du temps

« Avoir du temps, c'est posséder le bien le plus précieux pour celui qui aspire à de grandes choses. »
C'est ce que nous enseigne l'écrivain grec Plutarque, qui vécut au Ier siècle après Jésus-Christ.

les glaces à la framboise dégustées sur une terrasse de l'île Saint-Louis, les fêtes avec Yohan et ses cousines sur la péniche *Le Calife*, amarrée près de Notre-Dame, les virées chez Castel, les dîners *Au Georges* avec vue sur Paris et sur le décolleté de la serveuse, les danses orientales du *Nirvana*, les vapeurs cuivrées de *La Closerie des Lilas* humées en compagnie de l'amie Sylvia, un concert de Diana Krall à l'Olympia où je l'écoute chanter *I've got you under my skin* rien que pour moi.

La fête est un besoin vital. J'y puise l'énergie qui me permet de m'élever. La fête m'aide à chasser la grisaille, celle du dehors et celle qui envahit parfois mon âme. En bon Grec, je me soigne en dansant. Le Grec danse dès sa naissance. On fait danser un bébé avant de lui apprendre à marcher. Mon grand-père Spyros me prenait souvent dans ses bras lorsqu'il avait envie de bouger, comme ça, simplement, sans raison particulière, juste pour m'initier au mouvement, au rythme, à la joie de la désarticulation du corps. Dans l'Antiquité déjà, danser était indispensable au bon équilibre de l'individu. Les philosophes, Platon, Socrate, Aristote, considéraient que la danse devait faire partie de l'éducation des jeunes gens, car elle développait la beauté physique et l'harmonie entre le corps et l'esprit. Ceux d'entre vous qui ont fait leur service militaire seront donc étonnés d'apprendre que l'entraînement des futurs soldats comportait de la danse... ce qui est assez peu répandu dans nos casernes modernes ! Évidemment, nos futurs soldats ne dansaient ni la valse ni le menuet mais ce que l'on appelait des danses pyrrhiques, sortes de danses guerrières qui imitaient les mouvements du combat. Pour vous donner une idée, la chorégraphie se situait quelque part entre la *capoeira* brésilienne et le *fight power* de la Starac'.

Les Grecs dansaient aussi pour les dieux, des ballets rituels inspirés par la muse de la danse, Terpsichore. Lorsque j'essaie de visualiser cette muse, je pense instantanément à Mia Frye dans le film *The Dancer*. Je l'imagine sans voix, bombardant l'espace de son énergie intense au gré de chacun de ses mouvements. Comme j'imagine Thésée (celui dont je vous parlais au début de ce

Les neuf Muses

Ces neuf déesses, filles de Zeus et de Mnémosyne la déesse de la Mémoire, symbolisent à elles neuf l'ensemble des arts :

Calliope *est la muse de l'Éloquence et de la poésie héroïque.*

Clio *est la muse de l'Histoire.*

Erato *est la muse de la Poésie lyrique.*

Euterpe *est la muse de la Musique.*

Melpomène *est la muse de la Tragédie.*

Polymnie *est la muse de la Rhétorique et de l'art d'écrire.*

Terpsichore *est la muse de la Danse.*

Thalie *est la muse de la Comédie.*

Uranie *est la muse de l'Astronomie.*

livre) dont la légende raconte qu'il se lança, une fois le Minotaure tué, dans une danse de la victoire qui mimait les méandres du labyrinthe.

J'arrête un instant le CD d'Erik Satie. Le rythme lancinant des *Gymnopédies* m'a fait perdre le fil de mes pensées. Les mots dansent sur la feuille. J'ai des fourmis dans les jambes. Il est très tard. Je marque une pause. *Kalinichta*. Bonne nuit.

Mes premiers pas de danse en public, je les ai esquissés malgré moi. J'avais honte, je ne voulais pas participer à la fête. J'étais très bien, là, dans mon coin, à observer les autres gesticuler dans tous les sens. Et puis, sans l'avoir voulu, je suis passé du statut d'observateur immobile à celui d'acteur survolté, entraîné dans une farandole qui passait devant moi, tout simplement parce que je ne pouvais m'empêcher de bouger. C'était plus fort que moi. Comme si la moindre parcelle de mon corps se mettait en mouvement au son rauque et sourd du tambour. Comme si mes gènes et mes cellules possédaient une mémoire, un code caché qui s'activait à l'écoute de ces rythmes ancestraux.

Nous sommes à la fin du mois d'août, au village de Stamna, terre de mes ancêtres paternels. J'ai dix ans et je parle le grec moderne avec un accent de petit Français. Je roule un « r » sur deux, je ne mets jamais la bonne intonation sur les mots et je suis blanc comme la neige avec un teint typiquement parisien. Les hommes du village ont revêtu l'habit traditionnel de la région, la *foustanella* (jupe blanche plissée), le gilet brodé de fil d'or, la chemise blanche aux très larges manches, les collants blancs et les *tsarouhia* (chaussures à pompons noirs). Habillés ainsi, ils rendent hommage aux héros de la guerre d'indépendance, qui luttèrent au XIXᵉ siècle pour libérer leur pays de la domination ottomane. C'est la fête de Sainte-Agathe. Pendant trois jours et trois nuits, toutes les

Sainte Agathe

Née en Sicile au IIIe siècle après Jésus-Christ, Agathe fut martyrisée parce qu'elle était catholique et refusait d'épouser un consul romain. Suppliciée, elle eut les seins arrachés.

Sainte Agathe est la patronne des couturières, des brodeuses et la protectrice des femmes qui allaitent. Elle possède le pouvoir d'influencer la fertilité de la terre. Son nom signifie en grec « la vertu, le bien ».

Chez les chrétiens la Sainte-Agathe se fête traditionnellement le 5 février, mais dans la région de Missolonghi et de Stamna, les habitants choisissent les 22 et 23 août pour rendre hommage à la patronne de la montagne qui surplombe le village, mais aussi pour célébrer les généraux grecs de la révolution qui s'étaient réunis en cachette dans l'église de Sainte-Agathe pour préparer leur action sur Missolonghi.

familles de Stamna et des alentours viennent danser, chanter et faire la fête. Une joyeuse procession arpente les rues du village. Ce jour-là ils vont passer devant chez moi. Je les vois remonter l'allée rocailleuse, j'entends la clameur de leur ivresse. Une cinquantaine de personnes forment un groupe bruyant et coloré, le rythme est donné par des musiciens gitans qui battent en fanfare la percussion principale, le *daouli*, sur des mélodies stridentes jouées par les pipizès ou les zournadès, de petites flûtes au son de cornemuse. Quelques minutes auparavant, j'écoutais *Le lundi au soleil* de Claude François sur mon mange-disque orange. C'est bientôt la fin des vacances, on rentre à Paris à la fin de la semaine, et je regarde ces hommes tout droit sortis d'un tableau du siècle dernier s'approcher de ma maison. Les plus âgés lancent des fleurs et de petites branches de basilic aux filles, les plus jeunes font des bonds en l'air. Ils avancent comme dans une bulle de joie et, à chacun de leurs sauts, les ornements métalliques cousus à leurs gilets s'entrechoquent. Curieusement le rythme entêtant du *daouli* ne m'est pas étranger. Je préfère toutefois ne pas être concerné, je ne sais pas danser. Mais, sous l'étendard pourpre de sainte Agathe que porte un grand garçon, la procession s'est arrêtée et, de tous ses yeux, regarde le petit Grec de France. Le groupe me fait signe, mais je ne sais pas si cela signifie « bonjour » ou « rejoins-nous ». Je fais mine d'abord de les ignorer en reculant d'un pas. Ma tête bourdonne, mes jambes tremblent et je veux rentrer à Paris. Derrière moi, mon père fume assis à son aise dans un fauteuil en osier, manches de chemise retroussées et cravate défaite. Ce genre de fête n'a jamais été son truc, mon grand-père Nikos n'y a jamais participé non plus, et le dernier à avoir porté la *foustanella* était mon arrière-grand-père. J'ai dix ans et soudain une envie pressante de faire pipi. Mais au diable les peurs et les doutes ! Je me lance...

J'ignore encore ce qui m'a pris, je ne peux pas expliquer rationnellement ce qui s'est passé dans ma tête ce jour-là. Je me suis mis tout à coup à danser en me mêlant au groupe parce que j'en éprouvais le besoin. Moi, le petit Français qui parlait mal la langue de mes parents, qui avait peur des mouches, qui recrachait en cachette les aubergines frites de tante Eleftheria, je me suis lancé dans une danse effrénée sans en connaître les règles. À l'instinct. On est finalement possédé par sa terre, on ne la possède pas. C'est elle qui nous possède, à vie.

Près de vingt-cinq ans ont passé depuis cet instant magique et j'ai appris à danser et faire la fête sur d'autres rythmes. Des plateaux de télévision aux pistes de danse des discothèques, il n'y a qu'un pas à franchir. Le premier pas d'un môme de dix ans. J'ai dansé sur des rythmes d'Orient à Sidi Bou Said pour honorer un couple qui se mariait, j'ai dansé à Tel-Aviv sur des chants traditionnels yiddish le jour de la bar-mitzva d'Harold, j'ai esquissé quelques pas foireux de tango à Buenos Aires dans un restaurant pour touristes, j'ai bu toute la mélancolie d'une vieille danse slave un soir à Belgrade avec mes potes yougoslaves, j'ai partagé le *zeibekiko* de l'amitié dans une fumerie de Constantinople (Istanbul) avec un confrère turc en descendant des litres de raki, j'ai vécu une « after » exclusivement salsa à Ibiza, les pieds dans l'eau pendant quarante-huit heures, j'ai sautillé maladroitement lors d'une soirée arménienne à Alfortville. J'ai dansé tant bien que mal, parfois avec justesse, d'autres fois comme un pied, mais j'ai avant tout dansé pour partager mes sentiments, exprimer mes émotions. J'ai dansé avec les fous, les fous de vie, désinvoltes et libres.

C'est ce que j'ai appris à l'âge de dix ans, un après-midi d'août où j'ai été initié au sens de la fête par une bande de fous. Depuis ce jour, tous les 22 août à Stamna, je rends hommage à mes ancêtres en revêtant leur costume traditionnel. Pendant trois jours et trois nuits, la fête bat son plein. C'est là que j'ai appris à apprécier l'art de tenir longtemps en équilibre sur une jambe pour danser le *tsamiko*. Cette danse lente du combattant courageux exige de la souplesse, de la force dans les bras et dans les jambes mais aussi une maîtrise du temps. On ne se presse pas, on raconte une histoire avec son corps, calmement et intensément, le buste renversé en arrière, les genoux fléchis au point que mes cheveux frôlent le sol, comme pour rendre hommage à la terre-mère. Le corps ne lâche jamais quand le cœur guide les pas, comme le roseau sauvage qui se plie mais qui ne se rompt pas. Un concentré de vie, un défi à l'apesanteur. Je danse donc je suis. Dans le cercle sacré de la fête, je tourne sur place

La terre-mère

Chez les Anciens, la terre-mère est la déesse Déméter, déesse de la nature et de la fécondité. Elle est aussi la déesse de la terre cultivée, nourricière des hommes. En leur donnant le blé et les céréales, elle les a fait passer de l'état sauvage à la culture et à la civilisation.
La légende raconte que Déméter eut une fille, Perséphone, avec Zeus, son frère. Hadès, le dieu des Enfers s'éprit de la jeune fille qu'il enleva et épousa. Déméter, désespérée, quitta l'Olympe à la recherche de sa fille. Tout cessa alors de pousser sur terre ; les hommes et les animaux se mirent à dépérir. Comme Hadès refusait cependant de rendre Perséphone, Zeus intervint pour trouver une solution : la jeune femme partagerait désormais son temps entre son mari et sa mère. C'est ainsi qu'au printemps elle remonte auprès de Déméter, qui, heureuse, fait s'épanouir la végétation. Lorsqu'elle rejoint son mari aux Enfers, la surface de la terre connaît alors la désolation de l'hiver. Ainsi s'explique le cycle des saisons.

et sur moi-même comme une comète. Chaque spasme de mes muscles fait oublier la douleur du *tsarouhi* trop étroit, le poids des vêtements trop lourds, la fatigue de cette nuit trop longue. Sous le platane plusieurs fois centenaire, je ne suis rien, poussière heureuse et libre dans le cosmos. La transe du tambour allège mes membres, je danse avec des femmes et des hommes inconnus. Je ne reconnais plus les visages qui me regardent, mais ce vertige continuel me procure une tranquillité, un cœur léger.

Quand le jour se lève, rose pâle sur le contour de la montagne, on démembre, avec nos mains, de la viande d'agneau cuite à la broche. Moi, j'attends avec impatience un bon bol de tripes au gras-double, le *patsa* qui refait une santé à mon estomac épuisé. Ce petit déjeuner pastoral, avis aux amateurs, vaut tous les brunchs branchés de la planète ! Le vin frais pour rafraîchir le gosier, un peu d'eau de source sur les paupières gonflées. On trinque, on souhaite que sainte Agathe nous protège jusqu'à l'année prochaine alors que le capitaine du groupe nous dit qu'il est l'heure d'aller allumer un cierge à l'église. Je ne tiens plus debout, les encens m'envoûtent autant que les chants byzantins, la chaleur de ce mois d'août transforme les cierges en sculptures de cire mélangées au sable de ces énormes chandeliers de bronze. Les chantres psalmodient. Seuls les anges n'ont pas peur du vertige, *kyrie eleïson*, *kyrie eleïson*, *kyrie eleïson*, (« Seigneur, prends pitié de nous »). Le prêtre me tend une petite branche de basilic, je lui baise la main. Le soleil cogne fort maintenant. Les vêtements sentent l'alcool et la transpiration. La nuque est lourde. Mais Mitsos, le

Les nourritures célestes

Tandis que les humains festoient autour de mets nourrissants et roboratifs, les dieux se délectent de leur propre nourriture :

L'ambroisie *: c'est un aliment mystérieux qui leur confère l'immortalité.*

Le nectar *: le breuvage des dieux par excellence, il procure aussi l'immortalité à celui qui en boit.*

Sans doute parce que ce qui est divin ne peut être que bon, l' « ambroisie » et le « nectar » désignent dans notre langue des mets et des boissons particulièrement délicieux.

gitan aux quatre doigts, reprend fièrement son *daouli* et ses baguettes. Poum, baba, poum, c'est reparti pour un tour. Le groupe reprend la danse à l'ombre des platanes. Une danse cathartique, c'est-à-dire qui nettoie l'esprit de toutes ses phobies, de tous ses doutes, de ses rancœurs et ses regrets... Pandélis exécute un lent *tsamiko* totalement improvisé devant le regard admiratif des plus jeunes, ma sœur Maria, magnifique danseuse, me rejoint sur un rythme épirote langoureux, Kolobatsos s'endort près de la source avec une drôle d'allure, les vieux capitaines vérifient la tenue vestimentaire des nouveaux danseurs, Takis prépare une énorme salade grecque en prenant soin de couper symétriquement les morceaux de feta, Branis attache ses longs cheveux en catogan pour mieux voir ce qui se passe autour et le poète Assos Stamoulis, récite, inspiré, quelques vers de Karouzos : « Je chante les ancêtres tombés, je suis le chien des étoiles, mes yeux regardent très haut, mes mains remuent la fange. » Puis le silence. Les cigales prennent le relais.

Tous se regroupent autour de la table, se signent et mangent. C'est le banquet de l'amitié, pas celui de Platon, la table du partage et de la camaraderie. On ne quittera pas la table sans avoir chanté. On a chanté de toute éternité en Grèce, car la musique permet de rétablir l'harmonie intérieure. Les anciens Grecs avaient inventé une science musicale où à chaque type de « fausse note » de l'âme correspondait une mélodie équivalente destinée à la guérir. Grâce à l'élégie, ils exprimaient leur tristesse et leur mélancolie, avec pour seul accompagnement musical une flûte, un aulos. Sous les platanes de Sainte-Agathe, les pipizès ont remplacé les flûtes et l'élégie a laissé place au chant de Iorgos et à sa belle voix douce et plaintive : « *S'agapo, s'agapo giati ise oréa, s'agapo giati ise esi* », (Je t'aime parce que tu es belle, je t'aime parce que c'est toi). Les sentiments des êtres humains qui vivaient il y a deux siècles ou deux mille ans sur ces mêmes montagnes n'ont pas

Apollon, le dieu miracle

L'un des plus célèbres dieux du panthéon grec est Apollon. Il est le dieu de la chaleur solaire et de la beauté. Dieu de l'harmonie, il invente la musique et la poésie qui charment le cœur des hommes et des dieux. Il inspire les créateurs et dirige les danses des muses. Il sait aussi soigner les corps qu'il purifie et connaît l'avenir.

Si, dans la langue courante, un « apollon » désigne aujourd'hui un beau jeune homme, les multiples fonctions du dieu montrent à quel point, chez les Anciens, la musique et la danse n'étaient pas considérées comme de simples divertissements, mais comme de véritables dons divins, porteurs de bienfaits essentiels.

beaucoup changé, la fête non plus. Les cœurs s'élèvent, les corps se lèvent et moi je rêve. Des milliers de parfums, d'images et de notes bombardent mon corps tout entier, je n'ai plus de voix, je suis épuisé, mais heureux au plus profond de moi. Dans quelques heures j'ôterai le costume de fête de mes ancêtres, on m'emmènera à Athènes. Lundi j'ai une réunion à Paris. Neuf heures dans les bureaux de TF1 avant la conférence de presse de la rentrée. Le son sourd du tambour guide encore mes pas, la vie est une grande fête.

LES JEUX OLYMPIQUES

ou Comment les Grecs
tuaient la haine dans l'effort

Depuis l'Antiquité, les jeux olympiques
ont été la fête de la nature humaine,
du miracle de l'existence de l'homme,
tant du point de vue physique que spirituel.
Et la caractéristique de ces jeux,
c'est bien en vérité la fête de la vie.

Martin Scorsese.

Cela fait presque dix ans que je passe un week-end par an à Olympie. Ma cousine Calliopi (elle porte le nom de la muse de la Poésie) vit dans cette ville historique du nord-ouest du Péloponnèse depuis qu'elle s'est mariée à Kostas, un bijoutier de la région. À Olympie, on vit principalement du tourisme. La ville, nichée au cœur d'une région fertile, riche en végétation, est considérée comme le berceau des jeux olympiques. On y trouve, sur le site, un très beau musée archéologique, un musée olympique, une académie olympique et un petit stade de rien du tout qui renferme tous les secrets des Anciens. Je ne suis pas spécialiste de cet art asiatique très complexe (et très tendance dans les salons à la mode) que l'on appelle le Feng Shui et qui consiste à organiser l'espace de façon à favoriser

Le pied d'Hercule

La légende veut qu'Héraklès soit à l'origine des jeux olympiques et du stade.
Pour en déterminer la longueur, il posa 600 fois ses pieds l'un devant l'autre. Compte tenu de la longueur exacte du stade, 192,27 m, cela nous apprend donc que Hercule devait chausser du 48 !

la circulation de l'énergie cosmique, mais les ondes que transmettent les quelque 200 mètres de long sur 30 mètres de large de l'ancien stade sont étonnamment réparatrices. Il règne un bien-être extraordinaire dans cet ancien sanctuaire de Zeus. Sans doute parce que, quand les Grecs construisaient leurs temples et leurs édifices, ils se préoccupaient avant tout de l'environnement naturel. L'emplacement du terrain, les proportions, les forces cosmo-telluriques, les champs magnétiques et l'exposition au vent et à l'eau étaient des facteurs incontournables pour déterminer la vitalité du lieu.

À Olympie j'ai découvert le plaisir de courir pieds nus. Non pas comme lorsqu'on court sur la plage, entre deux galets brûlants et une serviette de bain, le bide rentré, le torse en avant, en prenant l'air du play-boy faussement désinvolte. Non, je veux vous parler de cette sensation unique qu'est la course à pied dans l'enceinte sacrée d'un stade construit il y a deux mille huit cents ans. Je me suis livré à cet exercice il y a quelques années. C'était à la fin du mois de septembre, vers cinq heures du matin. Réveillé en pleine nuit pour je ne sais quelle raison, je suis allé marcher pour me dégourdir les jambes et l'esprit. En passant devant le stade, j'ai reçu comme un appel. Rien de surnaturel, mais un appel presque physique, une attirance magnétique. Sans savoir pourquoi, je me suis déchaussé dans le stade vide et je me suis mis à courir tranquillement, à petites foulées. Avec pour seule compagnie le ciel étoilé qui s'éclaircissait au fur et à mesure que s'installaient les couleurs rose pâle de l'aube. Tous mes muscles se sont mis en route petit à petit, avec la sensation d'une caresse sur la plante du pied : des petits signaux de reconnaissance que m'envoyait cette terre sans cesse foulée par des millions d'êtres humains depuis des millénaires. J'ai écouté mon corps pour la première fois ce matin-là. Chaque nerf, chaque tendon, chaque muscle, ma respiration et les battements de mon cœur répondaient à l'appel de la terre. J'étais un grain de sable dans l'univers, et toute l'histoire du monde était sous mes pieds. Terre de sueur et de sang.

C'est sur cette terre que les Anciens venaient tenter de surpasser leurs limites. Tous les quatre ans, les athlètes, qui devaient être des citoyens libres et irréprochables face à la justice, se retrouvaient là pour s'affronter dans une série d'épreuves : l'équitation, la lutte, le lancer de disque ou de javelot, la course à pied, etc. Les athlètes étaient nus (tant pis pour les sponsors !), ce qui explique

La nudité sans tabou

Dans la Grèce antique, la nudité n'est pas un tabou. Le sport se pratique nu, ce qu'explique l'étymologie :
Gumnos, *« nu », a donné les mots « gymnastique », « gymnase », « gymnaste ».*

peut-être aussi que les femmes n'avaient pas le droit d'assister aux jeux. La pudeur judéo-chrétienne n'existait pas encore, et le culte du corps connaissait son apogée pendant ces quelques jours à Olympie. Les gagnants remportaient une

La couronne du vainqueur

De cette habitude de ceindre la tête du vainqueur d'une couronne d'olivier est née l'expression « tresser une couronne » (« tresser des couronnes ») à quelqu'un, qui signifie le féliciter, le couvrir de louanges.

couronne d'olivier sacré, le droit de se voir sculpter par les plus grands artistes et un ticket d'entrée dans la postérité, grâce notamment à Pindare, le célèbre reporter-poète lyrique de l'époque dont les odes immortalisèrent de nombreux exploits sportifs. Les tricheurs étaient expulsés des jeux et devaient payer de très lourdes amendes dont l'argent servait à ériger des statues de Zeus à l'entrée du stade.

Mais les jeux n'étaient pas uniquement voués à la compétition sportive. Se déroulant à Olympie, ville consacrée à Zeus, ils étaient avant tout l'occasion de rendre hommage au dieu. La fête avait lieu en son honneur et, pour avoir le droit de concourir, un athlète ne devait jamais avoir commis de sacrilège envers les dieux. En marge des épreuves sportives avaient lieu des concours de poésie, d'éloquence et de philosophie, mais aussi des sacrifices et des cérémonies rituelles qui témoignaient de la dimension religieuse du sport chez les Anciens.

À cette dimension religieuse s'ajoutait une dimension politique. Tous les quatre ans en effet, les festivités olympiques étaient l'occasion pour les peuples de Grèce, souvent en guerre, d'appliquer une trêve qui instaurait la cessation immédiate des hostilités militaires. La trêve sacrée suspendait *de facto* tout conflit, ce qui permettait ainsi aux athlètes et artistes de voyager vers Olympie en sécurité. Cette « paix olympique » durait entre un et trois mois selon les époques, elle était généralement respectée de tous.

L'idée du sport comme vecteur de paix et de non-violence est on ne peut plus d'actualité, même si l'invitation à une trêve olympique (remise au goût du jour depuis les jeux d'hiver de Lillehammer en 1994) reste lettre morte dans la plupart des pays ou régions en guerre. Quelques siècles avant notre ère, des hommes qui ne savaient pas qu'un jour on marcherait sur la lune prenaient encore le temps et le soin d'instaurer une trêve pacifique, par amour et respect du sport. J'ai lu récemment une sage déclaration de M. Kofi Annan, Secrétaire général de l'Organisation des Nations unies, dont l'esprit est très proche de la philosophie des Grecs : « Le sport est depuis longtemps capable de triompher des différences nationales, politiques, ethniques et culturelles. Le sport est un instrument favorisant la compréhension entre les peuples, un instrument pédagogique ouvert sur le monde entier. Il peut s'avérer particulièrement efficace quand il s'agit d'inculquer aux enfants et aux jeunes les valeurs universelles du respect de la tolérance. C'est aussi une arme formidable pour lutter contre la discrimination et la violence. »

À défaut donc de pouvoir convaincre de stupides et cupides chefs d'État et de gouvernement d'empêcher leurs peuples de s'entretuer, à défaut de pouvoir changer le monde, ne nous laissons pas changer par la violence. Apprenons à nos enfants à se respecter mutuellement dans leur cour d'école et dans leur quartier, dans ces microcosmes qui sont le premier échantillon représentatif de la société, avec ses joies et ses malheurs. Un jeune mal dans sa peau et paumé peut casser la gueule à deux cents personnes, brûler deux cents voitures, racketter deux cents camarades de classe, rien n'effacera la haine qui torture son cœur et son esprit. Mais s'il est capable de se surpasser dans le mal, il peut aussi se surpasser dans le bien.

Les Grecs tuaient la haine dans l'effort. C'était un des principes clefs de leur éducation. Éduquer un enfant dans la Grèce antique, c'était avant tout le préparer au métier de citoyen dans une cité démocratique. Ce citoyen devait être un homme beau et bon, et dans cette perspective, le sport jouait un rôle essentiel. Car le sport n'a pas que des vertus physiques (apprentissage de la force, développement harmonieux du corps), il permet d'acquérir aussi des qualités morales (maîtrise de soi et dépassement de soi-même).

Aujourd'hui comme hier, le sport est un moyen de canaliser la violence. Il faut apprendre aux enfants à descendre dans les arènes, où participer est plus important que de gagner ; où se surpasser est plus important que terrasser à tout prix l'adversaire. Apprenez-leur à réveiller la force qui est en eux, apprenez-leur à écouter chaque battement de leur cœur, à faire travailler chacun de leurs muscles, à courir pour le plaisir de se sentir en paix avec eux-mêmes. Dites-leur qu'ils peuvent avoir leur place dans la course de la vie, parce qu'il existe une place pour tout le monde. Allumez la flamme qui les tiendra éveillés, qui attisera leur curiosité, qui les guidera dans le brouillard. Qu'ils se souviennent que Prométhée a dérobé le feu aux dieux pour que l'homme soit maître de lui-même.

C'est Spyros qui le premier m'a parlé de Prométhée. Une fois par an, généralement à la fin de l'hiver, lorsque l'obscurité et les angoisses commencent à

Quand brûlait la flamme...

À Athènes, lors des festivités panathéniennes en l'honneur de la déesse de la sagesse Athéna, de jeunes athlètes effectuaient une lambadidromie *(à ne pas confondre avec la* lambada, *fausse danse latina des années 90). Il s'agissait d'une course de relais aux flambeaux qui débutait au sanctuaire de Prométhée pour arriver au temple d'Athéna sur l'Acropole. Quarante jeunes gens se relayaient pour que la flamme de la pureté ne s'éteigne pas.*

quitter la terre, lorsque le soleil reprend sa course ascendante et que les journées s'allongent, mon grand-père allumait un grand feu en pleine nuit, pour rendre hommage à celui qui apporta le feu aux hommes, Prométhée. Et un jour que je lui racontais qu'on m'avait appris à l'école que la première étincelle avait été produite par hasard, par des hommes-singes frottant des silex et des cailloux au fond de leur grotte préhistorique, Spyros a éclaté de rire. Les grandes personnes avaient peur de la vérité, m'expliqua-t-il, et ça rassurait tout le monde de croire au hasard, « mais les Grecs, eux, ne laissaient rien au hasard ». Aujourd'hui, je suis certain que c'est bien Prométhée qui est allé dérober le feu chez les dieux pour nous l'apporter. Je n'ai jamais vu Spyros danser autour du bûcher qu'il allumait avec ses meilleurs amis, je ne l'ai jamais vu sauter par-dessus les flammes, ivre de vin et de liberté. Mais je l'imagine caresser les flammes, purifier son âme et aimer la vie jusqu'au bout.

Prométhée n'est pas là par hasard. Si je l'ai évoqué, lui et son feu, c'est à cause de la flamme olympique, cette flamme sacrée qui brûlait sur l'autel de la déesse du foyer (Hestia) à Olympie, pendant toute la durée des jeux. La flamme olympique fait partie de ces images familières, qu'on a l'impression de connaître depuis toujours grâce à la télévision. Et pourtant il aura fallu des siècles pour que soit rallumée la flamme olympique. C'est en 1896 que le baron Pierre de Coubertin décide de redonner vie aux jeux antiques et organise les premiers jeux olympiques modernes. Mais il faut encore attendre 1928 et les jeux d'Amsterdam pour voir à nouveau la flamme brûler pendant toute la durée de la compétition. Quant au premier relais de la torche olympique, tel que nous le connaissons aujourd'hui, il eut lieu en 1936, avant l'ouverture des JO de Berlin. Les images d'archives de ces jeux, trois ans avant le début de la Seconde Guerre mondiale, sont d'une force inouïe : Hitler, hautain dans son costume militaire, le salut aryen de la foule en délire et le pied de nez d'un athlète noir, Jesse Owens, qui donne le meilleur de sa rage sportive, en décrochant quatre médailles au pays des nazis. L'athlète humilie le dictateur, son corps est porté par une soif de liberté sans précédent.

Je ne sais plus combien de temps j'ai couru pieds nus dans le vieux stade d'Olympie. Lorsque je me suis arrêté j'étais en sueur de la tête aux pieds, le soleil faisait briller les feuilles argentées des oliviers, recouvertes de rosée. Je ne sentais plus mes pieds, mais j'étais heureux. J'avais rêvé d'un autre monde, comme dans la chanson du groupe Téléphone, « où la terre serait ronde, et la lune serait blonde... ». Plein de bonheur à revendre, un matin de septembre.

Quelques années plus tard, en 2000, j'ai assisté au rituel traditionnel de l'allumage de la flamme olympique qui devait partir pour Sydney. C'est la même cérémonie qui se déroulera à la fin du mois de mai 2004, soixante-quinze jours exactement avant le coup d'envoi des jeux d'Athènes. Le retour de l'olympisme dans son berceau historique sera un rendez-vous à ne pas manquer. J'imagine déjà le lent cortège des prêtresses au regard strict et aux longues tuniques plissées couleur crème ; j'entends leurs incantations en grec ancien, entrecoupées par le rythme enivrant du tambourin ; je les vois implorant le soleil sur les ruines du temple d'Héra. La flamme sera allumée grâce à une source de chaleur obtenue par la réverbération du soleil sur un miroir concave, la torche olympique en forme de feuille d'olivier portera alors la flamme tout droit venue du ciel et sera relayée par mille cinq cents porteurs sur les cinq continents, une première historique. Le 13 août 2004, son périple atteindra son apogée lors de l'allumage de la vasque, dans le Stade olympique d'Athènes, marquant l'ouverture de la XXVIIIe Olympiade, le premier rendez-vous olympique de ce nouveau millénaire. Un souffle de paix dans un monde de fous, une étincelle dans le brouillard des vanités.

PENSER

Être et penser ne sont qu'une seule et même chose.

Parménide.

L'ALLÉGORIE DE LA CAVERNE

ou Comment passer de l'ombre à la lumière

Qu'est l'homme, que n'est pas l'homme
L'homme est le rêve d'une ombre
Mais quelquefois, comme un rayon venu d'en haut
La lueur brève d'une joie descend sur lui
Et il connaît quelque douceur

Pindare.

La nuit, Zeus sort masqué. Il rase les murs de la ville avec ses bombes. Mais attention, Zeus n'est pas un terroriste, il est artiste. Lorsqu'il vide clandestinement ses bombes de couleur, ses seules victimes sont les trottoirs et les murs. Zeus est un voleur, un artiste urbain devenu voleur d'ombres. Cet homme qui porte le nom du patron de l'Olympe se métamorphose comme lui en animal, un bas léopard sur la tête. Traces dans la nuit, peinture sous adrénaline, Zeus dessine des ombres, pas des graffitis (*graphein* signifie « écrire, dessiner » en grec). N'avez-vous jamais rencontré ses œuvres sur un trottoir parisien, dans l'ombre peinte en chrome argent d'un réverbère, d'une poubelle ou d'un Abribus ?

J'ai commencé à regarder ces objets inanimés dès l'instant où j'ai découvert leur ombre dessinée au sol. Zeus, sans le savoir, m'a appris à regarder la ville autrement, ses angles, ses détails. Il s'est même attaqué au pont du Carrousel, où il a fallu cinq jours, après son passage, pour faire disparaître la peinture. Et encore, il en reste quelques traces, pensez-y la prochaine fois que vous passerez par là. En capturant l'ombre de la tour Eiffel, Zeus accédera définitivement au panthéon des artistes les plus maudits par les sociétés de nettoyage de la ville de Paris.

Le Zeus parisien signe comme le fils de Cronos et de Rhéa, avec sa foudre : un nuage de peinture métallisée indélébile, suivi du Z de Zeus (à ne pas confondre avec celui de Zorro...). L'artiste est passé par là. Son patronyme grec, il explique qu'il le doit à ce train de banlieue qui a failli le faucher, dans une seconde d'inattention, alors qu'il taguait dans un tunnel. La bête en acier fonçait sur lui, inexorablement. Il a à peine eu le temps de s'esquiver en apercevant le nom du train inscrit en lettres lumineuses électroniques sur le haut de la locomotive : Z.E.U.S. C'est ce qu'on appelle frôler la mort. Le dieu de la foudre l'a peut-être épargné ce jour-là, il l'a néanmoins marqué de son sceau pour le restant de sa vie.

Pour moi, il n'y a pas l'ombre d'un doute, Zeus n'est pas un tagueur banal qui joue à cache-cache

Zeus, le tout-puissant

Selon Homère, Zeus est le père des dieux et des hommes. Il est le maître absolu. Dieu du ciel, de la lumière, de la foudre et du tonnerre (d'où l'expression favorite du capitaine Haddock dans Tintin, *« Tonnerre de Zeus ! »), il incarne l'ordre et le pouvoir suprême. Pour conquérir son pouvoir, il lui fallut combattre son père, Cronos. Celui-ci, à qui l'on avait prédit qu'il serait détrôné par l'un de ses enfants, les dévora. Zeus, caché par sa mère, eut la vie sauve. Devenu adulte, il obligea Cronos à vomir ses frères et sœurs.*

avec les policiers. Zeus « graphe » des ombres pour lutter contre le gris du politiquement correct. Les ombres de Zeus ne sont pas des spectres ni des âmes perdues dans une cité fantôme. Les ombres matérialisées sur le bitume par ce jeune homme insolent et solitaire de vingt-cinq ans me font penser à celles dont parle Platon dans son mythe de la caverne : fantasmes projetés sur un mur, reflets de nos rêves et de nos illusions, traces d'un autre monde, apparences éphémères.

L'allégorie de la caverne, c'est en cours de philo, au lycée Emmanuel-Mounier à Châtenay-Malabry, que je l'ai découverte. Il s'agit d'une histoire que nous raconte Platon, pour nous faire réfléchir sur notre condition : « Figure-toi des hommes dans une demeure souterraine, en forme de caverne, ayant sur toute sa largeur une entrée ouverte à la lumière ; ces hommes sont là depuis leur enfance, les jambes et le cou enchaînés, de sorte qu'ils ne peuvent bouger ni voir ailleurs que devant eux, la chaîne les empêchant de tourner la tête ; la lumière leur vient d'un feu allumé sur une hauteur, au loin derrière eux. » Ce feu projette sur les parois de la caverne des ombres. Ce sont celles des objets situés entre le feu et les hommes enchaînés. Ces ombres sont la seule chose que distinguent les prisonniers. Mais, n'ayant jamais vu les objets à partir desquels elles sont formées, ils les confondent avec les objets eux-mêmes et pensent qu'il n'y a rien d'autre à contempler.

Pour vous la faire courte et vous éviter l'explication de texte ennuyeuse, ce qu'il faut retenir de l'histoire est, à mon sens, la chose suivante : les prisonniers sont victimes des illusions qu'ils subissent, comme nous sommes victimes des apparences et des préjugés. Leurs chaînes symbolisent les idées reçues qui nous empêchent d'accéder à d'autres sources d'information et nous maintiennent dans l'ignorance. Nos certitudes, même si elles ont quelque chose de rassurant, sont loin d'être toujours justes et nous sommes souvent, comme les prisonniers de la caverne, otages des apparences, que nous confondons avec la réalité. Le philosophe nous invite à considérer les ombres

La philosophie selon Platon

« Si l'on interroge bien les hommes, en posant bien les questions, ils découvrent d'eux-mêmes la vérité sur chaque chose. »
Pour Platon (428-347 av. J-C.), dont n'a cessé de s'inspirer la pensée occidentale, la philosophie consiste en un cheminement, en plusieurs étapes, vers la vérité.
Il s'agit moins d'acquérir un savoir que de trouver en soi la vérité. Pour Platon en effet, l'âme est immortelle et elle a contemplé autrefois, dans une vie antérieure, les vérités éternelles qu'il appelle Idées. La philosophie consiste à retrouver le souvenir de ces vérités.

uniquement comme des ombres, rien de plus, rien de moins. Il nous invite aussi à nous libérer de nos chaînes par le doute et par la curiosité.

Ces images qui défilent sur un mur et ne sont que des images, pour ne rien vous cacher, ça me rappelle quelque chose... En clair (ou en crypté...), ce que vous regardez à la télévision, ce ne sont que des images. Ne les minimisez pas, ne les grossissez pas non plus, considérez-les à leur juste valeur. Je rappellerai juste leur caractère éphémère, toujours de passage, chaque image étant inexorablement remplacée par une plus récente, bonne ou mauvaise, c'est selon. J'ai longtemps travaillé derrière les machines qui fabriquent des images, je connais bien leur force et leur faiblesse pour les avoir tournées, enregistrées, montées et commentées. L'image m'a surpris, ému, informé mais aussi souvent roulé. Regardez encore le *No Comment* d'Euronews où les images ont la parole, c'est toujours très instructif. En temps de guerre, l'image est la première victime. Frappes chirurgicales au Kosovo, dommages collatéraux en ex-Yougoslavie, charniers à Timisoara, exécutions de dictateurs à Bucarest, impacts de bombes filmés par caméra infrarouge en Irak, le temps et les faits nous ont prouvé que l'image pouvait devenir un rideau de fumée, un trompe-l'œil, un cache-misère. Une image peut en cacher d'autres. À nous de prendre la distance qu'il faut pour apprécier les choses et éviter les illusions et les désillusions. À nous de nous libérer de nos chaînes pour accéder à la connaissance.

Pour autant, je ne suis pas devenu plus suspicieux qu'il ne faut à l'égard de la télévision. C'est quand il s'agit de comprendre ces images que je m'efforce de rester le plus lucide possible. Je les regarde avec humilité et tolérance, surtout depuis le jour où je me suis retrouvé dans la boîte à coucou, le jour où j'ai découvert l'ombre de moi-même, le monsieur de mon travail qui avait ma voix et mon visage à la télé, le jour où j'ai réalisé que je ne m'appartenais plus, que j'étais désormais à la merci de millions d'yeux dans tous ces salons où j'entrais de manière intempestive à l'heure de l'apéritif. L'image dédouble, rend fou, rassure, charme, déçoit, tronque, hypnotise, enchante, mais elle ne reste qu'une image. Mais, je l'avoue, les images de la télévision me donnent encore le frisson lorsqu'un envoyé spécial se trouve à l'autre bout de la planète, sous les bombes, pour nous informer, lorsqu'un homme ou une femme se surpasse en direct dans une discipline sportive ; elles m'émeuvent lorsqu'elles restent dignes et sincères. La télévision me fait encore rêver, et j'essaierai de partager ce rêve avec les autres aussi longtemps que je travaillerai pour le petit écran.

Je regrette une chose toutefois. Que mon grand-père Spyros ne soit plus de ce monde pour me voir. N'y voyez pas un besoin de prouver à ma famille quoi que ce soit, il ne s'agit pas de la fierté du gamin qui veut montrer aux plus grands qu'il sait faire fonctionner son joujou. J'aurais juste voulu lui parler avec mes yeux, à travers la caméra, pour qu'il sache que je pense à lui, comme si je pouvais le voir. La découverte de la télévision par Spyros est en effet l'une des plus fameuses anecdotes familiales. Nous sommes juste après la guerre civile, on vient d'importer d'Italie l'un des premiers postes de télévision de la région, et c'est le village où habite mon grand-père sur l'île de

Lefkada qui en a la primeur. Spyros a la cinquantaine passée. Il se fait beau, sort ses habits du dimanche, débroussaille sa petite moustache et remet de l'ordre dans ses gros sourcils avant de prendre le chemin qui mène au café. Dès qu'il découvre l'image, c'est le choc. Les larmes aux yeux, il paie une tournée à ses amis. Mais ne bouge pas de sa chaise. Il pose comme un bon élève, le torse bombé et l'œil pétillant. La speakerine est belle. Spyros (qui aimait particulièrement les femmes) veut lui plaire. Tout à coup la patronne du café s'esclaffe derrière le comptoir. « Mais mon pauvre Spyros, elle ne te voit pas, la demoiselle ! » Spyros, vexé, mettra des années avant de revenir prendre un café dans cet établissement. Ils lui avaient tous menti, ils s'étaient tous moqués de lui : « Tu sais, Spyros, la femme de la télé, elle te voit et elle t'entend, attention à ne pas dire de bêtises », lui avait-on fait croire avant d'allumer la lucarne magique. Et Spyros n'avait pas compris tout de suite que l'image n'était qu'une ombre. Avec une machine à remonter le temps, je me montrerais à l'antenne ce jour-là, dans ce café minable de Lefkada, juste pour pouvoir lui dire : « *Papou se vlepo !* » « Grand-père, je te vois ! » Aujourd'hui dans la famille tout le monde en rit encore ; moi j'ai toujours mal pour lui.

Un dernier mot sur la TV pour vous confier l'un de mes petits bonheurs : me coller dans la peau du téléspectateur anonyme qui zappe, comme tout le monde, assis confortablement dans son canapé en humant la bonne odeur du dîner qui vient de la cuisine. « C'est prêt ! » dit-elle. « J'arrive, chérie », réponds-je en remontant ma chaussette droite et en baissant simultanément le volume de la publicité sur la moussaka surgelée... On est tous dans la même caverne.

J'ai trop mangé. Des tagliatelles au foie gras truffé, accompagné d'un bon saint-émilion Château la Grâce-Dieu 1998. Pas très ascétique. Un repas aussi lourd, ça fait grossir. « C'est pas bon pour ta ligne, c'est pas bon pour ton image », me dit souvent Katie, mon habilleuse anglaise qui, elle, reste dans l'ombre. Toujours on y revient, toujours elle me poursuit : l'image publique, celle qui attire les projecteurs et les flashs. Moi qui, enfant, ne supportais pas la lumière du soleil, si éblouissante pour mes yeux de petit Parisien. Et pourtant, en Grèce, le soleil est omniprésent... sauf à l'ombre. Depuis toujours les Grecs ont dû apprendre à jouer de l'un et de l'autre. « Les Grecs sont des virtuoses de l'ombre », écrit Aris Fakinos dans *La Grèce*. Eux qui ne peuvent vivre sans les rayons vivifiants du soleil « se ruent après la baignade sous les parasols les plus proches, vers l'ombre dispensée par les pins, les oliviers, les tentes. En été, pendant la sacro-sainte sieste, ils s'installent bien à l'abri du soleil, dans leur jardin, leur balcon, se réfugient dans les sous-sols, s'éten-

Hélios, le dieu-soleil

Hélios, dieu du soleil, est le serviteur de Zeus. Chaque jour, précédé de l'Aurore, il parcourt le ciel sur son char de feu, traîné par quatre chevaux lumineux. Il apparaît le matin à l'orient (le soleil se lève à l'est) et traverse les cieux jusqu'à l'occident.
Le soir, il désaltère ses chevaux dans l'Océan, qu'il parcourt en barque pendant la nuit (chez les Anciens, l'Océan entourait le monde) pour regagner l'orient et reprendre sa course, au matin.

dent le long d'un passage aéré entre deux maisons, à la recherche d'un peu de fraîcheur ». Les Grecs connaissent les méfaits du soleil, ils se méfient terriblement de lui, et le touriste qui se rôtit au soleil entre treize et dix-sept heures est considéré comme un fou. « On ne joue pas avec le soleil, on lui rend hommage. Trop de lumière tue le rêve », disait Spyros qui adorait s'assoupir à l'ombre de son mûrier aux larges feuilles, un arbre qui avait couvert de son ombrage au moins trois générations.

Les Grecs craignent le soleil mais lui vouent également une adoration secrète. Les savants et mathématiciens de l'Antiquité comprirent très tôt que le soleil pouvait faire avancer le schmilblik, et c'est grâce au soleil que Thalès (vous savez, celui du fameux théorème, celui qui a été le cauchemar

Thalès, esprit pratique ou savant farfelu ?

Deux anecdotes légendaires donnent de Thalès deux images bien différentes.
La première met en avant son esprit pratique : Thalès, une année, parvint à prévoir, d'après ses observations de la nature, que la prochaine récolte d'olives serait particulièrement abondante. Il acheta alors tous les pressoirs à huile de la région et fit fortune en les louant à ses concitoyens.
Une autre fois, le savant se montra au contraire plutôt distrait : alors qu'il marchait le nez en l'air pour observer les étoiles, il tomba dans un trou. Pleine de bon sens, sa servante lui dit alors : « Comment pouvez-vous prétendre comprendre le ciel si vous n'êtes même pas capable de voir ce qu'il y a sous vos pieds ! »

de mes années d'école) parvint à mesurer une pyramide il y a deux mille quatre cents ans. En fait, Thalès attendit que la longueur de l'ombre de son bâton soit égale à la longueur du bâton lui-même. Et en mesurant à cet instant précis la longueur de l'ombre de la pyramide, il parvint à calculer la hauteur de celle-ci. C'est ce même Thalès qui, sans satellites et sans ordinateurs, prédit l'éclipse du soleil du 28 mai 585 avant Jésus-Christ. On dit aussi qu'il serait à l'origine du découpage de l'année en quatre saisons et en trois cent soixante-cinq jours.

Autant que je m'en souvienne c'est dans le village d'Olympia, nid de trois cents âmes, suspendu sur les hauteurs de Karpathos que j'ai vraiment commencé à apprécier la poésie grecque contemporaine. Les rayons du soleil accouplés aux vents chauds d'Éole embrasèrent ma chair et mon esprit

Le maître des vents

Dans la mythologie, Éole est le dieu des vents, qu'il tient enfermés dans des cavernes ou des outres en peau et déchaîne à sa guise.
À la fin du XIXe siècle, Clément Ader baptisa Éole son appareil volant, le premier à effectuer quelques mètres dans les airs grâce à un moteur.
Une « éolienne » est un instrument servant à capter l'énergie du vent.

pendant plusieurs jours. J'ai passé deux semaines sans parler, immergé dans la beauté de cet espace infini, de bleu et blanc, de vagues et de vent, d'or et d'argent, de sable et de sang. Quinze jours à lire les poètes, à l'ombre des oliviers, accroupi dans une chapelle bleu clair parfumée aux encens de myrrhe et de rose, assis les pieds dans le vide en haut de la falaise. Pendant deux semaines, le soleil me dénudait à chacun de mes pas, j'essayais de me cacher derrière des murets de rien du tout, à l'ombre d'une ruelle pavée de marbre, sous un énorme rocher, dans les yeux clairs de ces femmes aux sourcils sombres qui pétrissaient leur pain en silence en me souriant. La lumière me touchait, me transperçait, m'obligeait à garder l'essentiel, à jeter les choses inutiles à la mer, à ne pas lâcher la proie pour l'ombre délétère.

Il y a aujourd'hui
Tant de lumière
Que les aveugles assis sur les blocs de pierre
L'ont entendue comme un trille d'oiseau.

Je me souviens de ce poème de Nicéphore Vrettacos (« La Lumière »), traduit en français par André Kédros, que je lisais le matin face à la mer, comme un fou. Seul. Illuminé par le jour, dans l'étendue égéenne de mes aïeux où le temps et les ombres sont immobiles. Après ce séjour monastique salutaire, j'étais aguerri. « On ne naît pas homme, on le devient » (Érasme). J'avais vingt ans.

Samedi 8 mars 2003. Dans dix jours, c'est la journée mondiale du soleil. J'ai presque trente-quatre ans. Place de la Constitution à Athènes, appelée communément dans la langue d'Homère, Syndagma. Il pleut. Quelque trois cents personnes attendent groupées, debout avec leurs parapluies, devant un grand drap blanc de deux mètres de long, dressé sur une estrade. Le spectacle va commencer. Je passais par là par hasard, avec ma sœur Maria. Nous nous fondons dans la foule, par curiosité. Le générique traditionnel avec ce bon vieil air de *kalamatiano* se met en route. Karaghiozis arrive avec sa bosse et son bras long, sous les applaudissements de la foule qui grossit de plus en plus. L'ancêtre du cinéma, le théâtre d'ombres est toujours vivant. Le théâtre d'ombres grec, le Karaghiozis (qui signifie en turc l'« œil noir »), a bercé la génération de mes parents, de mes grands-parents, de mes arrière-grands-parents, etc. De grands artistes itinérants, comme les Spatharis ou les Haridimos, ont sillonné la Grèce pendant de longues années pour divertir la population sur les places des villages, dans les écoles, dans les théâtres. Ces montreurs d'ombres transmettaient à travers les aventures de Karaghiozis des messages philosophiques et politiques qui variaient selon les époques. Ce pauvre Grec, moche, rusé

Le Karaghiozis, théâtre d'ombres

Ce spectacle populaire est né en Chine et a traversé toute l'Asie jusqu'en Turquie, où les Grecs se le sont approprié. Les figurines articulées (en peau de veau transparent) sont animées par un « montreur d'ombres » qui les fait bouger devant un écran blanc éclairé.
Karaghiozis est un Grec toujours affamé, vivant misérablement dans sa cahute, avec une ribambelle de gamins turbulents alors que le pacha turc, évidemment, possède un luxueux sérail. Heureusement, il est ingénieux et a un grand bras (chez les Turcs, c'était un phallus démesuré...) qui lui permet de se défendre.

et sans le sou s'en sort tant bien que mal. Avec les moyens du bord, le système D grec. Il arrive malgré tout à garder le sourire et à nous faire rire. Quand l'un de ses fils lui dit : « Papa, j'ai faim », il répond : « Mange, mon fils. » « Mais je n'ai rien à me mettre sous la dent, papa ! » s'insurge le petit. « Eh bien, alors ne mange pas. » Rires. Toute la famille est fan de Karaghiozis. Je les regarde se tordre le ventre sous la pluie, comme des enfants. Et je me mets à rire aussi. Karaghiozis est en forme ce soir, le marionnettiste le fait virevolter dans tous les sens. En Grèce, les guignols de l'info

Le théâtre, monde de l'illusion

Les Grecs anciens ne connaissaient certes ni la télévision ni le cinéma, mais ils inventèrent le théâtre.
Il est issu du culte de Dionysos, en l'honneur duquel étaient organisées des cérémonies religieuses plusieurs fois dans l'année.
On y représentait pour l'essentiel des tragédies, mettant en scène les dieux et les héros de la mythologie grecque.
Les trois plus célèbres auteurs de tragédies grecques sont :
Eschyle *(525-456 av J.-C.). Il ne nous reste plus de lui que sept pièces, toutes inspirées des mythes antiques.*
Sophocle *(496-406 av. J.-C.). Parmi les sept pièces qu'il a écrites et qui nous sont parvenues,* Antigone *et* Œdipe-roi *sont les plus célèbres.*
Euripide *(480-406 av. J.-C.). Il est sans doute le plus moderne des tragiques grecs, mettant en scène des personnages dont il souligne les contradictions et les ambiguïtés, plus proches des humains ordinaires que des héros sans faille de la mythologie (*Médée, Les Troyennes, Électre, Oreste*).*
En marge de ces trois auteurs tragiques, la Grèce nous a aussi légué un grand auteur comique : **Aristophane** *(445-380 av. J.-C.) dont les pièces sont souvent des pamphlets dénonçant les dysfonctionnements de la société.*
*Pour les Grecs, le théâtre n'est pas qu'un pur divertissement. Selon Aristote, il est d'abord une imitation (*mimesis*) du réel. Cette imitation, qui crée l'illusion de la réalité, permet l'identification du spectateur aux acteurs qui évoluent sur scène. Le spectateur peut ainsi projeter sur scène ses propres émotions et se débarrasser des angoisses, de la révolte et des sentiments négatifs qui l'habitent. C'est la* catharsis*. Le théâtre a donc une fonction de régulation de l'ordre social.*

s'amusent dans la rue. L'agora du peuple. De sa voix nasillarde il interpelle Ben Laden, George Bush, Alexandre le Grand, les médias et même Big Brother ! La figurine colorée en carton prend vie. L'ombre illumine le visage de ce petit Grec haut comme trois pommes qui me demande de le prendre sur mes épaules et dont le sourire égaie l'humanité tout entière.

LE CHANT DU CYGNE DE SOCRATE

ou Comment ne pas craindre la mort

Je crois que, si la mort n'existait pas, la vie n'existerait pas.

Alecos Fassianos.

Très régulièrement j'ai besoin des cimetières pour recharger mes batteries. Pas par goût du morbide. J'ai besoin des cimetières pour rendre hommage à tous ceux qui ne sont plus. Les miens, mes proches, mes amis mais aussi tous ces inconnus qui gisent sous terre. Quand je retourne chez moi en Grèce, je réserve toujours ma première visite à mes morts. Tous ceux dont je retrouve le nom sur une plaque de marbre vieilli, entachée d'huile d'olive et de cierge fondu. Tous ceux à qui je n'ai pas eu le temps de dire que je les aimais ou que je ne les ai pas assez aimés. J'ai pu très tôt visualiser l'idée de la mort lorsque j'ai vu mon nom, le nom de mon grand-père paternel, **ΝΙΚΟΣ ΑΛΙΑΓΑΣ**, gravé sur sa pierre tombale, en lettres capitales noires. « Même mort, tu as ta place », me disait-il lorsque nous venions allumer les veilleuses sacrées de la famille. Aujourd'hui j'allume la sienne. Une petite flamme de rien du tout qui me relie à l'âme de ceux qui ont fait que je marche aujourd'hui sur terre. Rendre hommage aux morts n'a jamais été une obligation mais un besoin nécessaire à mon équilibre, une façon de démystifier l'absence.

Dans la mythologie, un mort n'est jamais tout à fait mort. Il poursuit son existence dans le monde ténébreux des Enfers, sous la forme d'un double immatériel de celui qu'il était dans le monde des vivants. Certains vivants, tel Orphée parti retrouver son Eurydice, ont même pris un billet aller-retour. Ils ont fait le voyage aux Enfers, mais en sont revenus.

Le philosophe Platon explique même dans l'un de ses dialogues, *Le Phédon*, que certaines âmes reviennent parfois des Enfers pour une nouvelle vie sur terre. Ces âmes qui recommencent une nouvelle vie n'ont cependant aucun souvenir de leur séjour au royaume des morts, car il leur faut, avant de rejoindre le monde des vivants, boire de l'eau du Léthé, le fleuve de l'oubli, qui entoure les Enfers.

Aujourd'hui encore chez les Grecs le mort fait partie du monde des vivants. L'évocation d'un mort n'a rien d'effrayant ; c'est au contraire une présence rassurante. On parle à la photo du défunt qui vous regarde en souriant sur la commode, on lui allume des bâtons d'encens, on lui dédie des *kolyvas* (mélange de blé et de graines

Ils ont visité les Enfers

Héraclès, au moment d'accomplir le dernier de ses douze travaux, dut descendre aux Enfers pour y capturer Cerbère. Il profita de sa visite pour délivrer Thésée.
Celui-ci était retenu aux Enfers par Hadès, parce qu'il avait voulu enlever son épouse Perséphone, pour la donner à l'un de ses amis.
Le Troyen Énée, lors de son périple pour l'Italie où il allait fonder Rome, fit une halte aux Enfers. Là, l'ombre de son père lui révéla l'avenir prestigieux que connaîtrait Rome.
Ulysse, lui aussi, se rendit au pays des morts, pour y consulter le devin Tirésias, qui lui prédit qu'il rentrerait un jour à Ithaque.

bouillies à la cannelle que je donnais à manger à ma petite sœur Maria en sortant de la messe) tous les dimanches, on distribue ses vêtements aux pauvres, on organise des fêtes à sa mémoire.

Dans ma famille, les enfants n'ont jamais été tenus à l'écart de la mort. L'une de mes premières rencontres avec la mort, je l'ai vécue avec mon grand-oncle Vassilis qui était aussi mon parrain. Les femmes avaient nettoyé son corps avec du vin, elles avaient ensuite rasé et habillé mon grand-

Le Phénix, symbole de résurrection

Le Phénix *était un oiseau fabuleux à l'aspect d'un grand aigle. Cet oiseau, seul de son espèce, ne pouvait se reproduire. Après avoir vécu plusieurs siècles, l'oiseau se confectionnait alors un bûcher de plantes odorantes sur lequel il se faisait brûler pour renaître de ses cendres.*

L'expression « renaître de ses cendres » s'emploie encore aujourd'hui pour parler d'une chose qui renaît après avoir disparu.

oncle de ses plus beaux vêtements. Vassilis était allongé, au milieu du salon, sur la grande table où nous dînions jadis tous ensemble. Tous les miroirs de la maison avaient été recouverts d'un drap. « Pour que la mort n'ait pas de reflet », disait notre voisine, Maria Balayianno. Les gens rentraient, sortaient et parlaient devant le mort. Pendant toute la nuit, des femmes, que pour la plupart je ne connaissais pas, défilèrent dans leurs vêtements noirs pour pleurer et s'adresser à mon parrain comme si ce pauvre homme était censé leur répondre : « Pourquoi nous as-tu laissées seules, mon prince ? » « Parle-nous, pourquoi tu ne dis rien ? » C'était totalement surréaliste, la scène passait du tragi-comique au burlesque. On m'avait demandé d'aider mes cousins à déposer un vase rempli de riz et une petite cruche avec du miel sur une table recouverte d'un drap noir. C'est ce que j'ai fait aussitôt sans poser de question. On m'avait aussi dit qu'il fallait embrasser le défunt, ce que j'ai fait avec un peu de dégoût parce que son front était glacé (que mon grand-oncle me pardonne).

Avec le temps, j'ai appris la signification du dernier baiser. Aujourd'hui le baiser de la fraternité et de l'amour a remplacé la pièce que les anciens Grecs mettaient dans la bouche du mort (l'obole) pour qu'il puisse payer Charon, le passeur qui, sur sa barque, transportait les âmes de l'autre côté du Styx (la rivière des Enfers) dans le royaume des morts. Malins, ces Grecs qui avaient inventé le péage avant l'heure, un droit de passage dans l'Au-delà. Même le mort n'avait pas le droit d'être fauché ! Plus sérieusement, l'obole était considérée comme un dernier cadeau symbolique devant faciliter le voyage du défunt. Lorsque les rites funéraires étaient accomplis sans qu'une pièce soit placée dans la bouche du mort, l'âme était condamnée à errer pendant un siècle sans trouver la paix, avant que les tauliers des enfers statuent sur son sort. On comprend mieux l'entêtement d'Antigone, dont je vous parlais plus haut à propos des femmes remarquables de la mythologie, à vouloir enterrer son frère selon les rites exigés par les dieux. Elle savait en effet que si, comme l'avait ordonné le roi Créon, on laissait le cadavre aux charognards, son âme ne connaîtrait jamais le repos.

Après l'enterrement de Vassilis, on est rentré à la maison. Au-dessus de la porte d'entrée avaient été accrochés des rubans mauves et noirs. Mes oncles portaient des brassards noirs sur le biceps droit, le soleil commençait à cogner sec et les femmes endeuillées servaient du cognac à la vingtaine de personnes venues prendre ce qu'on appelle le dernier pot du défunt. On boit à l'âme de celui qui voyage vers la paix éternelle. La mort n'est qu'une étape. Le prêtre orthodoxe le dit dans sa prière : « Mort, où est ta victoire ? » J'entends encore mon père lui répondre entre ses dents, avec une amère ironie : « Vie, où est la tienne ? »

Car Andréas a toujours eu peur du vide de la mort, de la poussière à laquelle elle semble réduire toute vie. Je me souviens du jour où les fossoyeurs creusèrent dans le caveau familial pour faire une place à mon grand-oncle. Ils avaient malencontreusement déterré des os de mes ancêtres, et je revois encore mon père totalement bouleversé me dire : « Tu te rends compte, un jour un petit con de dix ans jouera dans ce cimetière en donnant un coup de pied dans l'un de mes os ! Elle sera passée où, toute ma vie ? »

L'angoisse de mon père face à la mort pouvait aussi se manifester de manière plus cocasse. Andréas, qui aurait été bien ennuyé s'il lui avait fallu choisir entre sa voiture et sa femme pour l'accompagner sur une île déserte, me dit un jour où nous passions devant la vitrine d'un concessionnaire de sa marque de voiture allemande favorite : « Quand je pense à tous ces nouveaux modèles que je ne conduirai jamais parce que je ne serai plus de ce monde... » L'éclat de rire que cela suscita chez moi était le meilleur remède contre la tristesse !

J'ai beaucoup d'affection pour mon père même s'il nous a parfois été difficile de communiquer. On s'est toujours compris en silence. Il y a quelques semaines, je me rendais en taxi à l'aéroport. Égaré dans mes pensées, j'ai été surpris de voir, par hasard, mon père dans la rue, à quelques mètres à peine. Il avait l'air plus fatigué que d'habitude, plus vieilli, une démarche à la Mastroianni vers la fin de sa vie. J'ai baissé la vitre, je l'ai appelé. Le taxi venait d'accélérer et ne pouvait pas s'arrêter à cet endroit. J'ai crié un peu plus fort, mais Andréas ne s'est pas retourné. Ma voix s'était perdue dans le brouhaha. J'ai éprouvé un violent pincement au cœur. C'était comme si mon père n'était plus de ce monde, comme s'il ne pouvait plus m'entendre, comme s'il était trop tard. Et je me suis mis à pleurer, comme un môme. Des sanglots tels que je n'en avais plus connu depuis l'enfance. Ma compagne était affolée, le conducteur du taxi, gêné, me demandait si « ça allait », j'étais incapable d'aligner une phrase cohérente et d'exprimer les raisons de ma tristesse. Je n'y avais auparavant jamais songé sérieusement, mais l'idée de la mort de mon père venait d'entrebâiller la porte de ma conscience, sans prévenir. Souvent la mort s'invite alors que personne ne l'attend. Le temps perdu ne se rattrape pas. Aimons-nous vivants.

Les traditions grecques ne proposent pas de potion magique contre la douleur et la tristesse. Lors d'une inhumation, les proches du défunt ne se maîtrisent pas, ils hurlent et se tirent les cheveux. En Épire j'ai eu pitié d'un père qui se griffait le visage (comme dans l'Antiquité). Les pleureuses aux voix stridentes suivaient le cercueil ouvert tel un chœur funèbre tout droit sorti d'une tragédie de Sophocle. Mais l'on passe facilement des larmes au rire. La tradition veut que l'on verse de l'huile d'olive bénite dans le tombeau en guise de dernière offrande, et j'ai vu un jour un prêtre perdre son sang-froid au-dessus du cercueil, à cause d'un bouchon de bouteille récalcitrant. Crise de fou rire généralisée. Je ne savais plus où me cacher.

Le deuil peut ainsi prendre des visages surprenants. Lorsque la dépouille de Melina Mercouri fut rapatriée de New York (où elle était partie soigner son cancer) et que les honneurs de la nation lui furent rendus dès son arrivée à l'aéroport, nous avons assisté à un cortège funèbre sans précédent qui a défilé à travers Athènes. Les Grecs étaient tristes, mais ils débordaient de fierté. Des centaines de milliers d'hommes, de femmes et d'enfants avaient formé une haie d'honneur sur plusieurs kilomètres pour rendre un dernier hommage à Melina. Une chaîne humaine chantait à l'unisson *Les Enfants du Pirée* et applaudissait, les yeux remplis de larmes, au passage du cercueil recouvert du drapeau grec et tiré par un véhicule militaire. J'avais été stupéfait par le « *Kalo taxidi Melinaki* » que les gens lui adressaient, comme si elle était là, assise dans un fauteuil, en train de saluer la foule, telle une reine mère. Des gens simples étaient descendus dans la rue pour souhaiter un « bon voyage à la petite Melina », l'enfant du pays.

Quelques années plus tard, en mai 1998, je devais rapatrier le corps de mon ami Aris Fakinos à Athènes. Perdre un ami cher est insoutenable. Nous l'emmenions au pays avec Roselyne, sa fidèle compagne jusqu'au bout. Je n'arrivais pas à croire que nous voyagions dans le même avion. Aris reposait dans son cercueil, quelque part dans la soute à bagages, alors que nous étions confortablement assis au-dessus de lui à regarder la mer par le hublot de l'avion. Ce fut notre dernier voyage commun en Grèce. Dans le cimetière de Maroussi, le poète allait retrouver le caveau familial où reposaient les siens. Après des années d'exil, lui qui avait été chassé de son pays dans les années 60 par la dictature des colonels, il rentrait chez lui. Aris l'insoumis qui, dans son petit appartement de Montreuil, m'avait initié à la philosophie d'Épicure : « Familiarise-toi avec l'idée que la mort n'est rien pour nous, car tout bien et tout mal résident dans la sensation ; or, la mort est la privation complète de cette dernière. Cette connaissance certaine que la mort n'est rien pour nous a pour conséquence que nous apprécions mieux les joies que nous offre la vie éphémère, parce qu'elle n'y ajoute pas une durée illimitée, mais nous ôte au contraire le désir d'immortalité. En effet, il n'y a plus d'effroi dans la vie pour celui qui a réellement compris que la mort n'a rien d'effrayant. Il faut ainsi considérer comme un sot celui qui dit que nous craignons la mort, non pas parce qu'elle nous afflige quand elle arrive, mais parce que nous souffrons déjà à l'idée qu'elle arrivera un jour. Celui qui proclame qu'il appartient au jeune homme de bien vivre et au vieillard de bien mourir est passablement sot non seulement parce que la vie est aimée de l'un aussi bien que de l'autre, mais surtout parce que l'application à bien vivre ne se distingue pas de celle à bien mourir. Plus sot est encore celui qui dit que le mieux c'est de ne pas naître. »

L'épicurisme : une morale du plaisir

Épicure est un philosophe grec du IVe siècle avant Jésus-Christ.
Sa philosophie enseigne d'une part que nous n'avons rien à craindre de la mort, car la mort est un pur néant : elle n'est pas là quand nous sommes, et, quand elle est là, nous ne sommes plus.
D'autre part, la voie de la sagesse passe pour lui par la recherche du plaisir, qui est le meilleur bien que l'homme puisse atteindre. Ce plaisir se définit comme l'absence de douleur et d'angoisses.
Il suffit donc, pour être heureux, de satisfaire ses désirs les plus naturels (la faim, la soif, etc.). Ce sont des besoins naturels qu'il est très facile de satisfaire. Courir en revanche après des désirs non nécessaires (désirs de richesse, de pouvoir, de gloire...) ne peut conduire qu'au malheur, car quand l'homme s'attache à ces valeurs-là il n'est jamais satisfait.
On dit aujourd'hui de quelqu'un que c'est un « épicurien », lorsqu'il privilégie dans sa vie cette recherche du plaisir.

Cela me fait drôle de ressortir ce texte aujourd'hui. À l'époque, je n'imaginais sans doute pas le sens qu'il pourrait prendre à mes yeux, aujourd'hui particulièrement que j'évoque la mort, celle de ceux qui me furent proches. On ne sait jamais

À chacun son destin

Trois déesses-sœurs personnifient dans la mythologie grecque le destin de chacun. Ce sont les Moires *(chez les Romains, les* Parques*). Les trois sœurs sont fileuses et mesurent la vie des êtres grâce à un fil de laine. Clotho, « la Fileuse », le file ; Lachésis, « le Sort », le dévide et Atropos, « l'Inflexible », le tranche lorsque le moment est venu.*

ce que nous réserve l'avenir et, puisque nous sommes tous de passage, autant ne pas attendre d'avoir franchi la ligne d'arrivée pour donner le meilleur de soi. Je refuse de ne pas vivre à cent pour cent chaque seconde de mon existence. Vivre pleinement chaque rêve comme s'il était le dernier est la seule façon de combattre le rien, le vide, le gris. Accomplir avec conviction et sincérité chaque geste, du plus quotidien au plus important, s'engager sans laisser aux autres le soin de décider pour nous, c'est toujours une manière d'oublier que, dans le lointain, la mort nous guette. L'oublier pour qu'elle nous oublie.

Sans doute est-ce pour cela que les Grecs ne supportent pas les personnes qui ne pensent rien, les gens lisses. Le « je ne sais pas » ou le « ça ne me regarde pas » sont toujours très mal vus. « Celui qui n'affirme pas ses idées est suspect », disait mon grand-père. Dans nos discussions entre amis, mes interlocuteurs attendent toujours de moi que je prenne clairement position, que je me situe dans le débat. Un jour, dans un café de Kolonaki (le Saint-Germain-des-Prés athénien), j'ai eu le malheur, lors d'une conversation animée sur le foot, de déclarer que je n'étais ni pour l'Olympiakos, ni pour le Panathinaïkos... Ça m'a coûté une semaine de railleries sarcastiques.

Attention donc au délit de neutralité passive, il est synonyme de vide, donc de mort. Attention aussi lorsque vous parlez politique avec un Grec, il faut avoir de solides arguments. Du conducteur de taxi au marchand de journaux, il faut pouvoir renvoyer la balle par-dessus le filet quand on vous demande votre avis sur tel ou tel dossier. La politique (du grec *politikos*, « ce qui concerne le citoyen ») est une vraie passion chez les Hellènes. Lorsqu'on est citoyen grec, il est recommandé de s'intéresser aux affaires publiques, et aujourd'hui encore le vote reste obligatoire dans le pays qui a inventé la démocratie, le pays qui a vu naître et mourir Socrate.

Socrate, le philosophe, a été condamné à mort parce que ses idées étaient considérées comme un danger pour la cité. À chercher inlassablement la vérité en se souciant peu du pouvoir ou de la richesse, celui qui déclarait : « Je ne suis pas homme à parler pour de l'argent » s'était attiré la haine des puissants dont il démasquait l'incompétence et l'ignorance. Il se défendit avec brio lors de son procès mais accepta cependant sans broncher la sentence de mort prononcée contre lui, estimant qu'il n'avait pas à se soustraire aux lois de la cité. C'est donc avec résignation qu'il attendit l'heure de sa mort.

La sérénité de Socrate face à la mort est restée célèbre dans l'histoire de la pensée comme l'illustration éclatante que « philosopher, c'est apprendre à mourir ». Son calme est tel que c'est lui, le condamné, alors qu'il s'apprête à boire la ciguë, ce poison foudroyant destiné à l'envoyer dans l'autre monde, qui réconforte ses amis venus l'assister. Il leur ordonne de ne pas pleurer, lui qui a renvoyé les femmes pour ne pas avoir à subir leurs lamentations. Socrate pourtant n'est pas un surhomme, tout juste un sage qui considère que la mort est « un beau risque à courir ». Pourquoi craindre en effet une chose dont on ignore tout ? Pourquoi ne pas envisager la mort comme une délivrance ? Pour Socrate en effet, notre âme est immortelle. Enfermée de notre vivant dans notre corps

Ne pas craindre ce que l'on ignore

Socrate : « Qu'est-ce, en effet, que craindre la mort, citoyens, sinon se prétendre en possession d'un savoir que l'on n'a point ? En définitive, cela revient à prétendre savoir ce que l'on ne sait point. Car personne ne sait ce qu'est la mort, ni même si elle ne se trouve pas être pour l'homme le plus grand des biens, et pourtant les gens la craignent comme s'ils savaient parfaitement qu'il s'agit du plus grand des malheurs. »

Platon, Apologie de Socrate.

comme dans une camisole de force, elle est libérée par la mort et gagne l'éternité.

Socrate, qui va mourir, n'éprouve donc aucune tristesse. Il se compare au cygne, l'oiseau fétiche d'Apollon : « Quand ils sentent approcher l'heure de leur mort, les cygnes chantent ce jour-là plus souvent et plus mélodieusement qu'ils ne l'ont jamais fait, parce qu'ils sont joyeux de s'en aller chez le dieu dont ils sont les serviteurs. Mais les hommes, à cause de la crainte qu'ils ont de la mort, calomnient les cygnes, prétendent qu'ils se lamentent sur leur mort par un chant de tristesse. Ils ne réfléchissent pas qu'aucun oiseau ne chante quand il a faim ou froid [...]. Pour moi cependant,

Le chant du cygne

Les Grecs de l'Antiquité attribuaient au cygne près de mourir un chant particulièrement mélodieux.
À cause de cette croyance, on désigne par « chant du cygne » l'ultime œuvre d'un artiste.

la chose est claire, ce n'est pas la douleur qui fait chanter les cygnes. Je pense, au contraire, qu'étant les oiseaux d'Apollon, ils sont devins et que c'est parce qu'ils prévoient les biens dont on jouit chez Hadès qu'ils chantent et se réjouissent ce jour-là plus qu'ils ne l'ont jamais fait dans leur vie. Et moi aussi, je me considère comme partageant la servitude des cygnes et comme consacré au même dieu, comme ne leur étant pas inférieur non plus pour le don de divination que nous devons à notre maître, comme n'étant pas enfin plus attristé qu'eux de quitter la vie ! »

LE SIÈCLE D'OR DE PÉRICLÈS

ou Comment l'héritage grec appartient à notre culture

Le « miracle grec », chez nous, hommes d'Occident,
ne vient-il pas de la nécessité où se trouve
toute civilisation vivante, tout groupe humain,
de se choisir des origines, de s'inventer des parents à son goût ?

Fernand Braudel.

Je vous ai jusqu'à présent parlé essentiellement de mythes, de dieux, de symboles, de choses irrationnelles et intuitives souvent puisées dans les traditions non écrites et dans mes diverses expériences. Pourtant, une grande part de l'héritage que la Grèce antique a légué à notre société moderne appartient au domaine de la raison. Sans l'intelligence grecque, notre histoire, notre politique, notre philosophie, nos sciences ne seraient pas ce qu'elles sont. La pensée grecque est vraiment aux fondements de notre culture.

Le Ve siècle avant notre ère, que l'on appelle le siècle d'or de Périclès, nous a légué un concentré sans précédent de savoirs et d'interrogations sur l'homme. Mais la clef du testament que nous laissent les Hellènes de cette époque réside probablement dans la démocratie, littéralement le « gouverne-

Quelle racine pour quel pouvoir ?

Le mot « politique » vient du grec politikos, *« qui concerne le citoyen ». Quant aux différents modes de gouvernement, leur nom s'inspire aussi du grec, à partir du mot* kratos, *« le pouvoir » :*

Démocratie *: le pouvoir du peuple* (demos, *le peuple)*

Aristocratie *: le gouvernement des meilleurs* (aristos, *le meilleur)*

Ploutocratie *: le gouvernement des riches* (ploutos, *la richesse)*

Gérontocratie *: le gouvernement des vieillards* (gerôn, *vieillard)*

On parle aussi des **autocrates**, *« ceux qui gouvernent par eux-mêmes »* (auto, *soi-même), des* **phallocrates**, *« ceux qui considèrent que le pouvoir est une affaire d'hommes »* (phallos, *membre viril), des* **bureaucrates**, *« ceux qui exercent le pouvoir depuis les bureaux d'une administration », etc.*

ment du peuple ». Car c'est bien le citoyen athénien qui se trouve au cœur de l'histoire. Les Grecs, en effet, qui savent bien que les affaires relatives à la vie de la cité ne peuvent être improvisées, ont organisé leur quotidien autour d'un système où tous les protagonistes sont égaux. Lorsque je me trouve en reportage dans une assemblée où députés et ministres débattent sur des projets de lois plus ou moins passionnants, j'ai toujours une petite pensée « flash-back » pour nos ancêtres du premier débat démocratique, ces hommes en tunique qui discutaient en plein air, il y a deux mille cinq cents ans, sur les hauteurs de la Pnyx, lors de l'assemblée des citoyens, l'Ecclésia. L'Ecclésia était composée de plusieurs milliers d'hommes de plus de dix-huit ans, qui se réunissaient une quarantaine de fois dans l'année. C'est dans cette assemblée que l'on décidait de l'utilité d'une guerre ou non, que l'on votait les lois et le budget, que l'on désignait les magistrats, etc. Le vote se faisait à main levée (bonjour la précision du comptage et gare aux petits malins qui lèvent deux mains en même temps !).

Comme elle ne peut se réunir en permanence, l'Ecclésia, pour assurer la continuité de la souveraineté populaire, délègue une partie de ses pouvoirs à la Boulè (ce terme désigne aujourd'hui le Parlement hellénique). Vous me suivez toujours ? Bien. La Boulè est composée de cinq cents membres, qui sont des citoyens volontaires tirés au sort (la démocratie athénienne, c'est un peu comme la roulette russe : à tout moment chacun peut être appelé à prendre des responsabilités au sein de la cité) et qui prêtent serment de ne jamais renverser la démocratie. Leur rôle est de veiller au respect de la constitution, de contrôler les finances publiques et la politique étrangère, de faire appliquer les lois et de préparer les réunions de l'Ecclésia. En bref, sans la Boulè, l'Ecclésia ne pourrait fonctionner correctement, et sans l'Ecclésia, la légitimité de la Boulè n'aurait aucune base démocratique. Dernière précision pour la route : parmi les cinq cents citoyens siégeant à la Boulè, cinquante prytanes sont choisis pour diriger les travaux et se relayer en permanence, jour et nuit, afin que le pouvoir soit toujours en alerte. L'un de ces prytanes est chaque jour tiré au sort pour exercer la présidence de la Boulè ou de l'Ecclésia : il devient ainsi en quelque sorte, mais pour vingt-quatre heures seulement, le chef de l'État !

Je sens qu'il y en a qui commencent à fatiguer... Mais peu importe si certains détails de cette explication vous ont échappé. L'important est surtout de retenir deux choses. Retenir d'abord que la démocratie dans la Grèce antique n'est pas juste un mot, mais un véritable système de gouvernement, pensé et organisé, doté d'organes qui permettent sa mise en pratique. Retenir ensuite que le pouvoir, à Athènes, appartient à tous, que chaque citoyen en possède une partie, au bout de sa main levée. Le pouvoir est une obligation, un droit et un devoir pour chacun. Tout le monde participe à la vie politique, enfin presque tout le monde, car être athénien ne signifie pas forcément, en effet, être citoyen. Les femmes et les enfants ne sont pas citoyens ; pas plus que les esclaves, ou les métèques, ainsi que l'on nomme les étrangers vivant à Athènes. Il faut dire que le contexte dans lequel les Grecs insufflèrent l'idée démocratique n'est pas comparable au nôtre. À l'époque il était normal d'avoir chez soi des esclaves et une femme soumise qui ne participaient pas aux affaires publiques, mais il était inconcevable d'être consulté uniquement tous les cinq ans quand il s'agissait de voter, alors qu'à notre époque c'est parfaitement normal. Les électeurs votaient donc sans interruption et usaient de leur droit de vote sans aucune modération. Le Grec était un « animal politique », pour reprendre la formule d'Aristote, et l'historien Thucydide estimait qu' « un homme ne se mêlant pas de politique mérite de passer non pour un citoyen paisible mais pour un citoyen inutile ».

Le nom d'un homme reste attaché à la démocratie athénienne, c'est celui de Périclès. C'est à cet homme politique que l'on doit certaines des réformes essentielles au bon fonctionnement de la démocratie, et notamment l'institution du *misthos*, un système de rémunération, qui permettait à tous les citoyens, y compris les plus pauvres, d'exercer les fonctions publiques. Périclès a exercé plusieurs années de suite les fonctions de stratège (l'équivalent de nos jours d'un super ministre qui cumulerait les fonctions de Premier ministre, de ministre des Affaires étrangères, ministre de la Défense...). Il est réélu chaque année par ses concitoyens, parce qu'il est intelligent, à l'écoute des autres, capable de préserver la cité de toute agression extérieure, mais surtout parce qu'il sait exprimer sa pensée et se faire comprendre du plus grand nombre. Le *logos*, la parole, relie les hommes entre eux, et la politique, que ce soit hier ou aujourd'hui, ne peut s'en passer.

Le logos ou le culte de la raison

En grec, logos *signifie à la fois « mot », « discours » et « raison ». C'est une des notions fondamentales de la pensée grecque, autour de laquelle s'articulent aussi bien les sciences que la philosophie, la politique et les arts.*

En français, la racine a servi à créer de nombreux mots :

– logique *: ce qui est rationnel*

– mythologie *: étude des mythes ;* astrologie *: étude des astres...*

– dialogue *: discours partagé entre plusieurs personnes ;* monologue *: discours prononcé par une seule personne.*

Dans la Grèce antique, l'éloquence, ou l'art de bien parler, a sa muse, Calliope, et les Grecs la considèrent comme un art majeur. Bien parler en effet, c'est convaincre, ce qui constitue un pouvoir extraordinaire. Et Périclès était un orateur exceptionnel. Voici un échantillon de son art, avec cette oraison funèbre qu'il prononça pour rendre hommage aux soldats tombés au front, après une année de guerre avec les cités du Péloponnèse et notamment l'ennemi de toujours, Sparte. Ce discours est l'occasion pour le stratège de rappeler ce qui différencie Athènes des autres cités : « La constitution qui nous régit n'a rien à envier aux autres peuples ; elle leur sert de modèle et ne les irrite point. Elle a reçu le nom de démocratie, parce que son but est l'utilité du plus grand nombre et non celle d'une minorité. Pour les affaires privées, tous sont égaux devant la loi ; mais la considération ne s'accorde qu'à ceux qui se distinguent par quelque talent. C'est le mérite personnel, bien plus que les distinctions sociales qui fraye la voie aux hommes. Aucun citoyen capable de servir la patrie n'en est empêché par l'indigence ou par l'obscurité de sa condition. [...] Mais ce ne sont pas là nos seuls titres de gloire. Nous excellons à concilier le goût de l'élégance avec la simplicité, la culture de l'esprit avec l'énergie. Nous nous servons de nos richesses, non pour briller mais pour agir. Chez nous ce n'est pas une honte que d'avouer sa pauvreté ; ce qui en est une, c'est de ne rien faire pour en sortir [...], nous savons découvrir par nous-mêmes et juger sainement ce qui convient à l'État ; nous ne croyons pas que la parole nuise à l'action, ce qui nous paraît nuisible c'est de ne pas s'éclairer par la discussion. »

La première fois que j'ai lu ce texte, j'ai été ému par sa modernité, j'avais l'impression que Périclès s'était exprimé quelques heures à peine auparavant à la radio. En lisant aujourd'hui entre les lignes de ce discours, longtemps punaisé au-dessus de mon bureau, il me semble que j'y décèle un message codé, que Périclès s'adresse directement à moi pour me dire : « Allez, bouge-toi ! Cesse de te plaindre et construis-toi toi-même, tu en as le droit ! Tu es un membre de la cité, comme les autres. Lève-toi et donne-toi les moyens d'accéder à la vie que tu souhaites, honnêtement. Tu te le dois à toi-même ! » J'en tire aussi cet autre enseignement : ne pas être soumis à l'argent. Ne pas utiliser l'argent à la manière d'un parvenu, pour épater la galerie, mais en fonction de sa valeur réelle.

Car l'argent ne vaut rien à côté du respect de soi. Périclès nous dit encore : « Pour l'homme de cœur, l'humiliation qui suit un acte de faiblesse est plus poignante que cette mort qu'on ne sent pas lorsqu'elle vient frapper dans sa force le guerrier animé par l'espérance commune. La passion de l'honneur est la seule qui jamais ne vieillisse, et dans la caducité de l'âge le plaisir n'est pas, comme on prétend, d'amasser des richesses, mais de commander le respect. » Chez les Anciens, rien n'a plus d'importance que les traces de dignité qu'un homme est capable de laisser derrière lui quand il n'est plus. Attention, il ne s'agit ni d'amour-propre ni de vanité. C'est de dignité dont parle le chef des Athéniens. Nous pouvons tout perdre, argent, métier, titre, famille, santé... personne ne peut nous ôter notre dignité, si on s'attache pour soi-même à la préserver. C'est, selon moi, dans cet ultime sens de l'honneur que réside le secret de la sagesse grecque. Ce sens de l'honneur si cher à mon grand-père Spyros. L'une des clés incontournables de l'éthique grecque dont je m'efforce de faire une ligne de conduite au quotidien. Pas facile.

Ces propos de Périclès, c'est l'historien grec Thucydide qui nous les a transmis, et si je vous parle de lui ici, c'est qu'il est l'un de ces grands esprits du siècle d'or de Périclès, sans qui notre science historique ne serait pas ce qu'elle est. Thucydide en effet n'est peut-être pas le premier historien de l'Antiquité (c'est Hérodote, que l'on surnomme le « père de l'histoire ») mais, comme l'a montré Jacqueline de Romilly, l'une des plus grandes hellénistes françaises, spécialiste de son œuvre, il est le premier qui aborde l'histoire de manière scientifique. Fini les approximations et les faits non vérifiés, Thucydide s'efforce de rendre compte des événements avec rigueur et objectivité, en bannissant le merveilleux mythologique. Le sacré, l'invisible et les rumeurs sont abandonnés pour faire place à l'analyse rationnelle des faits qui place l'homme face à ses responsabilités, face à ses actes, face à lui-même. Car l'histoire doit permettre aux hommes, selon Thucydide, de mieux comprendre d'où ils viennent pour savoir où ils vont. Thucydide recherche en amont les symptômes d'un conflit, pour mieux en comprendre les causes et

« L'histoire est un perpétuel recommencement »

*C'est en grande partie grâce à l'historien Thucydide (env. 460-395) que nous sommes informés des événements que connut la Grèce au v*e *siècle av. J.-C. Il est l'auteur notamment d'une gigantesque* Guerre du Péloponnèse *qui retrace le conflit entre Sparte et Athènes.*

Mais pour Thucydide, il ne s'agit pas uniquement de proposer un récit des faits. Il faut aussi les analyser pour en tirer les leçons utiles dans le futur. L'histoire en effet doit permettre de « voir clair dans les événements passés et dans ceux qui, à l'avenir, du fait qu'ils mettront en jeu eux aussi des hommes, présenteront des similitudes ou des analogies ».

pouvoir ainsi dresser un diagnostic. Observation, analyse, diagnostic : les trois maîtres mots de la pensée grecque de ce siècle d'or.

On ne peut résumer en quelques mots la richesse intellectuelle du siècle de Périclès. L'époque voit s'inventer la démocratie, l'histoire mais encore les mathématiques et la géométrie (avec Pythagore et Thalès), l'astronomie (avec Anaxagore) ou la médecine. Jusqu'alors, les Grecs avaient fait appel aux dieux pour se soigner. Apollon et son fils

Esculape étaient des dieux guérisseurs, et les malades affluaient dans leurs sanctuaires dans l'espoir d'une guérison... qui parfois se produisait. Reste que l'efficacité d'une telle méthode n'a jamais été franchement prouvée, pas plus que sa valeur scientifique. Un homme donc va réformer tout ça, il s'agit d'Hippocrate, qui le premier pratique une médecine scientifique fondée sur l'observation clinique.

Le serment d'Hippocrate

Hippocrate de Cos (460-377) est le père de la médecine moderne à plus d'un titre.
Inventeur de la médecine clinique, il est également à l'origine de l'éthique médicale, grâce à son fameux serment. Cet engagement pris par le médecin de n'agir que dans l'intérêt du malade est encore d'actualité aujourd'hui. À l'issue de ses études, chaque nouveau médecin prononce encore le « serment d'Hippocrate » avant de pouvoir exercer.

Ce panorama des grandes gloires du siècle de Périclès ne serait pas complet sans l'évocation de tous les artistes qui contribuèrent à sa grandeur et dont les œuvres ont traversé le temps pour parvenir jusqu'à nous. Il y a non seulement la littérature et les grands hommes de théâtre que j'ai évoqués plus haut, les auteurs tragiques, Eschyle, Sophocle, Euripide et le comique Aristophane, mais aussi les autres arts, comme la sculpture et l'architecture.

Je me suis amusé, avant de commencer à rédiger cet ouvrage, à interroger des adolescents sur ce qu'ils savaient de la culture grecque. La plupart m'ont parlé de statues et de colonnes. Autant que je m'en souvienne, les statues grecques du musée du Louvre furent mon premier contact avec la culture hellénique. Je devais avoir cinq ans, mon père me portait sur ses épaules et me disait en grec de dire bonjour aux statues blanches parce qu'elles venaient de chez nous, du pays qui l'avait vu naître. Je me souviens de l'écho d'une salle immense, de pas qui résonnent encore dans ma tête et de la certitude qu'il ne manquait à ces êtres de marbre que la parole pour être aussi vivants que nous. Cela me fait encore cet effet lorsque je passe devant la *Victoire de Samothrace*. À ne pas confondre avec sa consœur de la même époque, la *Vénus de Milo*. Lors de leur périple à travers les siècles, elles ont l'une et l'autre un peu souffert : Vénus a perdu ses bras et Victoire sa tête. Victoire, la beauté sans tête, fut sculptée pour commémorer une victoire navale, d'où son petit surnom, Nikè. *Nikè*, en grec, signifie « victoire » et non, petits malins, « chaussure de sport de grande marque américaine ». Et si l'on peut faire la confusion, c'est que la marque américaine s'est bien inspirée de la statue grecque pour choisir son nom... et son logo, dont le dessin reproduit le mouvement des ailes de Nikè. Faites donc un crochet par le Louvre pour admirer la *Victoire de Samothrace*. Trônant au sommet d'un monumental escalier, elle se tient là, debout, pour nous dire qu'elle résiste au temps et à la bêtise humaine. J'adore son drapé, parfaitement sculpté, ses ailes puissantes et divines, au bord de l'élan. Sans doute est-ce son âme qui lui a permis de traverser le temps avec dignité. Car le génie de la statuaire grecque réside dans l'art d'exprimer le mouvement par l'immobilité, comme si l'être sculpté possédait sous la pierre une flamme intérieure, un souffle de vie.

Le temple des Muses

Le Mouseion *était à l'origine le temple des Muses, situé sur l'une des collines d'Athènes. En hommage aux protectrices des arts, on a ainsi baptisé musées les lieux abritant des collections d'œuvres d'art.*

À des milliers de kilomètres de leur pays d'origine, à des siècles de distance, les antiquités grecques qui sont exposées au musée du Louvre sont les plus belles ambassadrices du génie artistique de l'Antiquité. Ce n'est pas toujours le cas, et il m'est arrivé d'éprouver un pincement au cœur en arpentant le département des antiquités dans un musée. À Londres, au British Museum (l'équivalent de notre Louvre) pour ne pas le nommer. Depuis le XIXe siècle, les Anglais y exposent fièrement les frises arrachées au monument grec le plus célèbre du monde, le Parthénon. C'était en 1801. L'ambassadeur anglais à Constantinople, lord Elgin, parvint à soudoyer les autorités turques (qui à l'époque occupaient la Grèce) pour qu'elles lui cèdent ce joyau du patrimoine, un peu comme si, sous l'Occupation allemande, les nazis avaient vendu le haut de la tour Eiffel à l'Italie... Armés de pics, de scies et de pieds-de-biche, les agents d'Elgin arrachèrent donc en douce les sculptures avant de les acheminer vers Londres. Vente, troc, échange de bons procédés, on peut appeler cette honteuse transaction comme on le souhaite, elle n'en reste pas moins un vol, une mutilation culturelle. Enfermées dans une salle de musée où elles servent parfois de décor à de lucratifs cocktails, les frises du Parthénon ont perdu leur âme. L'opinion publique britannique interrogée à maintes reprises sur cette affaire s'est déjà prononcée pour la restitution des marbres. De nombreux députés de la Chambre des communes partagent le même avis. Mais jusqu'à aujourd'hui les autorités britanniques sont demeurées sourdes à ces voix. Pourtant, en restituant ces œuvres qui font partie intégrante d'un monument historique, le British Museum ne les rendrait pas seulement aux Grecs, mais à l'humanité tout entière, car le Parthénon sans ses marbres demeure un édifice mutilé.

Alors, il me semble que la requête des Grecs est légitime, d'autant qu'ils ne réclament nullement que leur soient rendues les milliers de pièces exposées dans tous les musées du monde entier. Après tout, la *Vénus de Milo* semble heureuse au musée du Louvre. Ça lui donne un côté parisien, chic. Et si, lors de mon prochain séjour en Grèce, je retrouve sa paire de bras en creusant quelque part dans un champ, c'est promis, on négocie !

En guise de conclusion

Pour supporter sa propre histoire
chacun y ajoute un peu de légende.

Marcel Jouhandeau.

Nous sommes presque arrivés au terminus. Dans un instant tout le monde descend. J'espère que le voyage n'a pas été trop fatigant. Attention, mettez un chapeau en sortant du car, le soleil cogne. Des boissons fraîches seront offertes à l'arrivée. Pour moi, en tout cas, ce voyage aura certainement été cathartique, pour reprendre l'expression de Socrate. Purifiant. Vous m'avez donné l'occasion de vous faire découvrir (j'espère avec plaisir) la culture qui fait partie de mon héritage, mais aussi du vôtre. J'ai surtout pu en vous parlant, ou plutôt en vous écrivant quotidiennement pendant ces derniers mois, faire le point avec moi-même. C'est maintenant que l'aventure s'achève que je m'en rends compte.

Le dernier CD de Tracy Chapman a des airs de rocher de Sisyphe (pour ceux qui n'auraient pas suivi, c'est ce rocher que Sisyphe était condamné à rouler jusqu'en haut d'une montagne, pour le voir dévaler la pente à peine arrivé au sommet). La dernière chanson à peine achevée, la platine se remet en marche. Inlassablement. Je suis certainement celui qui l'a le plus écouté en boucle depuis sa sortie, jour et nuit. C'est obsessionnel mais tellement agréable. *Repeat.* Cette fameuse touche *repeat* qui nous fait refaire les mêmes conneries depuis le déluge de Noé. On a beau savoir, c'est souvent plus fort que nous.

Vous m'avez donc fait parler comme lorsqu'on va chez le psy. Celui qui vous montre le chemin à parcourir pour que l'âme, la *psyché*, soit légère, en harmonie avec votre corps, le *soma*. À défaut de m'allonger sur un divan pour vous parler de mes problèmes psychosomatiques, j'ai posé mes doigts sur les touches de mon ordinateur, dans un avion, dans un train, dans des dizaines de chambres d'hôtel, dans une loge de studio, dans un salon, dans mon bureau, dans ma salle de bain. On a dû me prendre pour un fou mais je m'en fous. Dans une démarche presque schizophrénique, le monsieur de la télé laissait place au monsieur du papier, l'animateur au journaliste, le Français au Grec, l'homme costumé à l'homme nu, la lumière des projecteurs à la pénombre déroutante du crépuscule, le bruit au silence.

On peut enfiler tous les masques du monde, on ne fuit jamais son destin, son identité première. Démaquillage, vieux jean, thé fumé au miel, un encens indien et ma conscience pour oreillette. Décompte, 5, 4, 3, 2, 1, 0, c'est parti... J'ai souvent été en panne face à la page blanche, insolente et immaculée. Que dire de plus que ceux qui ont déjà tout dit, il y a deux mille ans ou un jour ? La mythologie a été lue et relue, racontée et racontée encore, interprétée, analysée. Des artistes aux fils de pub, tous s'en sont emparés. À commencer par le père de la psychanalyse, Sigmund Freud, qui a souvent puisé dans les mythes de quoi dessiner la géographie des méandres de l'âme. Et sans doute m'aurait-il enfermé dans le labyrinthe avec une camisole de force depuis fort longtemps s'il avait dû me traiter.

Sa plus grande découverte, Freud la doit à la pièce de Sophocle, *Œdipe-roi*. Avant de donner son nom à un complexe qui évoque l'amour refoulé d'un enfant pour son parent de sexe opposé (le garçon pour sa mère, la fille pour son père), Œdipe fut l'une des figures emblématiques de la tragédie grecque. Voici brièvement l'histoire de ce pauvre homme : Œdipe est le fils du roi de

Thèbes. À sa naissance, un oracle a prédit à ses parents qu'il tuerait son père et épouserait sa mère. L'enfant est donc exilé loin de la ville et adopté par le couple royal de Corinthe sans connaître ses véritables origines. Devenu adulte, Œdipe apprendra à son tour par un autre oracle la funeste prédiction. Pris de panique, il part loin de Corinthe, s'éloigne de ceux qu'il pense être ses parents. Il espère trouver le salut dans la fuite. Arrivé dans la région de Thèbes, il s'embrouille un jour avec un voyageur qui le provoque. Ils en viennent aux mains, Œdipe le tue et reprend sa route. Lorsque notre héros arrive aux portes de la cité, il tombe nez à nez avec un monstre ailé, mi-femme, mi-lionne, appelé le Sphinx, qui dévore les passants incapables de répondre aux énigmes qu'il leur soumet. Du haut de son rocher, le Sphinx interroge Œdipe, avec calme et détermination : « Quel animal loquace a quatre pattes le matin, deux à midi et trois le soir ? » Œdipe réfléchit à peine avant de donner la réponse : « L'être humain est cet animal. Enfant il marche à quatre pattes, adulte il se tient sur ses deux jambes, vieillard il a besoin de sa canne pour avancer. » Correct. Le Sphinx, humilié par Œdipe, se donne la mort. Œdipe est fort, il a libéré la ville de son fléau et se voit offrir en récompense le trône de Thèbes et la main de la reine, Jocaste, dont l'époux, Laïos, vient de mourir. De son union avec la reine naîtront quatre enfants dont la célèbre

Antigone. Mais tout bascule un jour. La peste s'abat sur la ville. Un cadeau empoisonné des dieux. Cherchant quelle est la cause de la colère divine, Œdipe découvre avec effroi qu'il est lui-même le coupable. L'homme qu'il a tué sur la route n'était autre que Laïos, le roi de Thèbes... et son propre père. Quant à Jocaste, qu'il a épousée, elle est sa mère. Œdipe a été rattrapé par son destin. Devant le désastre, Jocaste se donne la mort. Œdipe, lui, se crève les yeux et part en exil accompagné d'Antigone. Œdipe s'aveugle pour fuir un monde où la lumière rime avec mensonge et illusion.

Selon Freud, l'histoire d'Œdipe illustre la manière dont, inconsciemment, chaque petit garçon, amoureux de sa mère, entre en rivalité avec son père, qu'il voudrait tuer symboliquement, pour prendre sa place. Chez Sophocle pourtant, on est loin de cette lecture psychanalytique. Car le personnage d'Œdipe n'a jamais conscience de la transgression de ses actes, il est victime d'un mécanisme vicieux. Lui qui croyait tout savoir face au Sphinx était en vérité celui qui en savait le moins. Il n'a pas voulu tuer son père ni épouser sa mère, c'est par ignorance qu'il a agi, victime de la malédiction qui pesait sur sa famille. Il a été instrumentalisé par les hommes, qui lui ont caché la vérité, et par les dieux.

J'en conviens, tout cela n'est pas très gai, et cette gentille histoire de famille a de quoi plomber l'ambiance. Je crois pourtant que les enseignements que l'on peut dégager de la tragédie d'Œdipe ne sont pas tous négatifs. D'accord, la vie n'est pas nécessairement juste, et mieux vaut le savoir tout de suite pour éviter les mauvaises surprises. Les uns et les autres n'ont pas à affronter les mêmes difficultés. Dans la mythologie grecque, on n'échappe pas à la loi fixée par les dieux, ce qui, en termes plus actuels, pourrait se traduire par l'idée que chacun naît avec un patrimoine génétique, familial, social qui lui est propre. À cela, nous ne pouvons rien changer. En revanche, il faut apprendre à construire son avenir en fonction de ces données, en les assumant, en en faisant une force.

Les mythes grecs sont de très vieilles histoires qu'il ne s'agit pas de lire au pied de la lettre. Inutile de tuer son père ni de séduire sa mère, rassurez-vous. En ce qui me concerne, l'histoire d'Œdipe m'a plutôt amené à réfléchir sur la complexité des liens familiaux, faits le plus souvent d'un mélange d'amour et de conflit. La famille représente une richesse, un héritage qui font ce que nous sommes mais qui sont parfois lourds à porter. Toute la difficulté consiste à exister par soi-même sans renier cette transmission. Devenir adulte, c'est trouver la bonne distance par rapport aux siens. C'est ainsi que j'ai accepté ce que j'étais, en assumant le passé de mes ancêtres. J'ai appris à aimer les miens pour ce qu'ils étaient ; je m'efforce de leur rendre hommage pour les mêmes raisons, même s'il m'est arrivé parfois d'emprunter d'autres routes qu'eux. Savoir d'où je viens m'a aidé à mieux comprendre où je veux aller.

« Connais-toi toi-même. » S'il ne me fallait retenir qu'une seule idée parmi toutes celles que nous a transmises la Grèce antique, c'est cette phrase souvent attribuée à Socrate, inscrite sur le fronton du temple de Delphes. C'est une invitation à prendre conscience de sa véritable identité, ce qui constitue le premier pas vers la liberté. Cela vaut tous les savoirs scientifiques et techniques du monde. Bien qu'il ait su répondre au Sphinx, Œdipe ne sait pas qui il est réellement, ce qui le mène à la catastrophe.

Qui suis-je ? Que sais-je ? Ces questions m'accompagnent chaque jour. L'écriture de ce livre m'a apporté quelques réponses. « Je sais que je ne sais rien », disait encore Socrate. J'ai tendance à lui donner raison. Je sais en effet tout ce qu'il me reste à apprendre, à découvrir, à remettre en question, indéfiniment, dans le mouvement de la vie. Dans cette quête m'accompagneront toujours les traditions et les mythes grecs, qui nourrissent mon quotidien, quoi que je fasse et où que je sois. Un vieux tome de l'*Odyssée* traînera probablement longtemps encore dans ma valise. Jusqu'au bout, je porterai dans mes bagages virtuels les gènes de mon grand-père Spyros et de tous mes ancêtres. Ce sont eux qui me font aimer un bon vin, le parfum de la terre, la musique qui caresse l'âme ; ce sont eux encore qui me font esquisser les pas d'une danse ancestrale n'importe où, n'importe quand. J'en tire cette douce et insolente fierté qui me permet de rester libre et digne.

L'heure européenne a adouci les dilemmes du choix. Deux passeports mais une seule histoire, deux langues mais un seul cœur. Les décors défilent tranquillement, Paris ou Athènes ? J'ai choisi les deux. Je vis aisément comme un Français dans la capitale hellénique, qui ressemble aujourd'hui à n'importe quelle autre cité moderne occidentale, le soleil en plus. De la même façon, je vis sans problèmes comme un Grec à Paris, la ville-lumière, où je peux trouver mon huile d'olive crétoise favorite à deux cents mètres de chez moi. Les mythes ignorent les frontières, l'Europe s'efforce d'élargir les siennes. Son avenir s'enracine dans notre culture. Pour être bien partout, il faut être bien avec soi-même.

Voilà. Je vous ai tout dit ou presque. Si vous m'avez cru, tant pis pour vous. Je plaisante, bien sûr ! En fait, il ne me reste qu'une chose à vous dire : allez vraiment voir chez les Grecs et vous comprendrez pourquoi...

Paris-Athènes
Avril 2003

REMERCIEMENTS

Je n'aurais pas pu mener à bien cette aventure sans la précieuse collaboration de Delphine Bouffartigue. *Efkaristo poli* Delphine ! Ton père peut être fier de toi...

Les dessins mythiques d'Alecos Fassianos accompagnent ces pages avec justesse. Merci pour ce coup de crayon impromptu !

Parfois sans le savoir et souvent amicalement d'autres personnes ont posé leur petite pierre à l'édifice, je voudrais exprimer ma gratitude à :

Roland Perez, Laurent Laffont, Georges Panayiotis de Crète, Vassilis Vassilikos et Vasso Papandoniou, Etienne Mougeotte, Dimitri Avramopoulos, ancien maire d'Athènes, Alkis Pierrakos pour sa flamme éternelle, Constant Tranakidis, Jean-Paul Vauthelin, Aggelos Petropoulos, Dimitris Gogos, Pierre-Charles Ranouil, Alekos Holevas, Philippe Brunel, Christine Bravo, Elisabeth Bouton, Nathalie Lebreton et Stéphane Cosnefroy, Estelle Ghouzi, Aygline de Clinchamps, Olga Bornozis, Nicolas Chabanne, Lakis Lazopoulos, Yohan Perez l'homme aux mille talents, Cyrille et Arielle Benchimol, Jean-Pierre Chevillard, Yannis Mavroïdakos de la librairie grecque *Desmos*, le Métropolite Jérémie et l'Archimandrite Dionyssios pour m'avoir montré le chemin de la foi, Dimitris Vardas, Assos Stamoulis, Valando Balayanno, Yannis Vlachogiannis, Kaliopi Katifori, Maro Prévélaki, Despina Kardizi et Christos Katsikanas.

À mes parents et à ma sœur que j'aime et qui m'ont permis de devenir ce que je suis. À Irini.

TABLE DES ENCADRÉS

TABLE

Composition réalisée par NORD COMPO

IMPRIMÉ EN ESPAGNE PAR LIBERDUPLEX
Barcelone
Dépôt légal Édit. 42131-02/2004
LIBRAIRIE GÉNÉRALE FRANÇAISE - 43, quai de Grenelle - 75015 Paris
ISBN : 2 - 253 - 10798 - 0

31/0798/4